陛下、心の声がだだ漏れです！ 3

シロヒ

B's-LOG BUNKO
ビーズログ文庫

イラスト／雲屋ゆきお

もくじ

人物紹介
ツィツィー・ヴェルシア
南の小国出身の末姫。
無自覚に他人の心の声が
聴こえてしまう。
ガイゼル・ヴェルシア
ヴェルシアの皇帝。冷酷と
恐れられるがツィツィーに向ける
心の声はだだ甘♡

マルセル・
リーデン

リーデン商会の息子。
絵が得意。

リジー

ツィツィーの
頼れる侍女。

ヴァン・
アルトランゼ

騎士団に所属する
ガイゼルの側近兼護衛。

メイア

ラシー国第三王女。
ツィツィーを目の敵に!?

ナターシャ

ラシー国第二王女。
クールな毒舌家。

リナ

ラシー国第一王女。
結婚が決まっている。

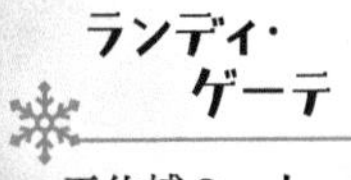

ランディ・
ゲーテ

王佐補の一人。
ガイゼルをこき使う。

序章　心の声がだだ漏れです。（三度目）

ヴェルシアに雪がちらつき始め、まもなく本格的な冬を迎える目前。

寝室に設えられた暖炉。その前に置かれたソファで本を読んでいたツィツィーは、隣から聞こえてきた『心の声』に思わずページを繰る手を止めた。

『――はたして、最高の初夜とはどうすればいいんだ？』

（……っ！）

こっそり隣を覗き見ると、夫でありヴェルシア皇帝でもあるガイゼル・ヴェルシアが、険しい表情で書類に目を通している。その横顔は非常に真剣で、はたから見ればこの国の未来について黙考中だと映るだろう。

だがここ最近、本邸に戻ったガイゼルの心を占めているのは――『いかにして素晴らしい初夜を迎えるか』という命題であった。

『結局挙式の夜は、お互い疲れていてそれどころではなかったからな……。しかしここまで日が空くと、今更どうやって誘えばいいのか分からん……。いや、正式に夫婦となったのだから、かしこまらず自然に声をかけるべきなのか？』

（ガ、ガイゼル様……）

『だがいきなり言われても、ツィツィーにも心の準備というものが必要だろう。かといって三日前に告知するのもおかしくないか？　そんな夫婦がいるか？　……やはりどこか泊まりの旅行に出て、それとなく良い雰囲気に持ち込むしかないか……』

（と、泊まり……⁉）

『理想的なのはウタカか？　前回は俺の不手際で台無しにしてしまったが、今度は時間の制約もない。二人でゆっくり風呂に入ってそれから……。……いや待て。明日にはレヴァリアとアインツァから報告書が届く。それを処理して……くそっ、来週は隣国で会談があるな。（まずは優しく手を取って……）ルカの草案にも目を通しておきたいし、イシリスにも雪氷対策を打っておかねば……。（口づけ、いや抱き寄せるのが先か？）アルドレアとの交渉もあれから進展はないし、一体どうしたものか（そのままゆっくりとベッドに……）』

（あ、あわわわわ……）

つらつらと流れてくる膨大な執務量――その合間に挟まれる甘い妄想とのギャップに、ツィツィーはたまらずガイゼルを見上げた。するとその視線に気づいたのか、ガイゼルがわずかに眉間に皺を寄せる。

「なんだ？」

「あ、いえ、な、なんでもありません……」

「そうか」

短い応答のあと、再び室内に沈黙が舞い戻る。どうしよう、と迷っていたツィツィーだったがタイミングを見計らい、勇気を出して口にした。

「あの！」

「ツィツィー」

見事に声が重なってしまい、ツィツィーとガイゼルの二人は見つめ合ったまま、しばらくぱちぱちと瞬く。どうぞ、とツィツィーが手で示すと、ガイゼルは軽く握った拳を口元に添え、ん、と短く咳払いした。

「そ、そろそろ休むか」

「は、はい！」

ぎこちない間を挟みつつ、ガイゼルは書類をまとめるとソファから立ち上がった。ツィツィーもまた急いで本を棚に戻すと、二人揃って寝台へと向かう。ガイゼルが持ち上げてくれた上掛けの隙間に入ると、そのまま軽く引き寄せられた。

「……」

「……」

もはや定位置と化したガイゼルの腕の中で、ツィツィーはひたすらに口をつぐむ。すると彼の胸に置いた手を伝うかのように、再び悶々とした混迷が聞こえてきた。

『……やはりまどろっこしい真似をせず、今ここで素直に誘った方がいいのだろうか？　いや、ツィツィーもいきなり切り出されては驚くだろうし……ま、万一断られたらどうする⁉（そんな日もあるだろう。夫婦なのだからそれくらいは許容しろ）（そんなことは分かっている。だがツィツィーにがっついている男だと思われたくない）（互いの思いは通じ合っているはずだ。ならば問題はなかろう）（それとこれとは別だ。無理強いをして、ツィツィーに嫌われてもいいのか？）……だめだ……』

（ついに心の中で討論会が⁉）

悪魔ガイゼルと天使ガイゼルがああだこうだと言い争っている光景を思い描きつつも、羞恥心が限界を迎えたツィツィーは、ガイゼルから顔を隠すようにそろそろと顎を引く。するとその挙動に気づいたガイゼルが、ぐいっとツィツィーを自身の方へと抱き寄せた。

「大丈夫か？」

「は、はい？」

「最近、寒くなっただろう。俺は体温が高いから、もっと近づいて構わん」

「あ、ありがとうございます……」

その言葉通り、ガイゼルのまとう空気は温かく、ツィツィーは彼の胸にそっと額を押し当てる。だがその優しい気遣いの裏で、ガイゼルは己を律するのにひとり大変な精神力を発揮していた。

『ぐっ……⁉ いかん、語彙が「可愛い」と「好きだ」以外すべて吹き飛んでしまいそうだ。おまけについさっき今日はまだやめておこうと決めたというのに、一瞬で心を変えてしまいそうになったぞ……。ツィツィーは俺のことを信頼して、こうして身を任せてくれているというのになんと不埒な……。くそっ、手を出すなと言われていた時は、最後は踏みとどまらねばという理性があったが……その枷がなくなった今、どうすればいいか逆に分からん！』

（ガ、ガイゼル様……）

『とにかくここまで引き延ばしたからには……ツィツィーにはなんの憂いもない、最高の初夜を贈ってやりたい。しかし一体どうすれば……。はあ……いかん。こんな下卑たことばかり考えていると知られたら、ツィツィーから軽蔑されて、離縁を言い渡されるかもしれん……それは絶対に嫌だ……』

（す、すみません、もう全部、聞こえています……！）

ああでもない、こうでもないとやかましい胸中とは裏腹に、ガイゼルはいつものように押し黙ったまま。ツィツィーもまた、一度くっついた手前離れるわけにもいかず、ただドキドキと息を潜める。

それ以上言葉を交わすことなく――二人はそれぞれ顔を赤くしたまま、どちらかが早く寝てくれるよう懸命に祈り続けた。

これはよくある政略結婚――ただし『誰からも本心を理解されない孤独な王様』と『意図せず心を読むことが出来るお姫様』が出会った奇跡のような物語である。

南の小国・ラシー出身のツィツィーと北の大国・ヴェルシアの皇帝ガイゼルは、先日ついに結婚式を挙げた。

引き合わされた当初は、恐ろしい皇帝と人質の姫——のよくある政略結婚と思われていたが、実際は幼い日に恋心を抱いたツィツィーと結婚したいがため、ガイゼルは自ら兄たちを押しのけ皇帝の座に就いたのである。

ならばさぞ素敵な新婚生活が始まったかといえばそうではなく、小国の姫では身分が違うと離縁を強要されたり、臣下の裏切りによるガイゼルの廃位、果ては大国イエンツィエの侵攻など、打ち重なるトラブルを二人で力を合わせて乗り越えてきた。

ようやく挙式が出来る環境になっても、ドレス作りを通して浮き彫りになった女性蔑視問題に直面したり、ティアラの宝石から現れた『精霊』の頼みごとをきっかけに、ガイゼルの疎遠になっていた養父と和解したりと、息つく暇もない日々を送ることとなる。

そんな中、二人は多くの味方も得た。

ガイゼルの幼馴染兼護衛であるヴァン・アルトランゼをはじめ、いつも傍にいてくれる侍女のリジー。名前だけは知っているのに一度も顔を見たことのない謎の王佐補ランディ・ゲーテや、潜伏先のイシリスで出会ったディータ・セルバンテスなど、今も力を貸してくれる仲間たちだ。

さらにヴェルシア初の女性デザイナー、エレナ・シュナイダーや、ガイゼルの養父であるグレン・フォスター公爵らの協力もあり、現在に至ることが出来た。

かくして婚儀を終え、いよいよ正式な夫婦となったツィツィーとガイゼルであったが

――次に二人を悩ませているのが『初夜』であった。

いつもの本邸。

午前の勉強が終わり、ようやく訪れた休憩時間。

(わ、私としては、い、いつでも覚悟は出来ているのですが……)

自室に戻ったツィツィーは昨夜のあれそれを思い出して、じわりと頬を赤らめた。

(皇妃としていちばん大切な務めだと、以前先生がおっしゃっていましたし……それにその、きっとガイゼル様も、望んでおられる、ような……)

正直なところ、機会は今までにも何度かあった。

一度出戻ったラシーからの帰路で初めて思いを通わせた日や、隊商都市ウタカの高級

宿に泊まった夜。肩を寄せ合い暮らしたイシリスの山小屋でも、二人で一緒のベッドに寝るようになった頃も。

だがその時々で時期尚早であると判断したり、体調を崩したり、運悪く邪魔が入ったり、信頼している部下から止められたりと、結局今日まで清らかに過ごしてしまった。

（や、やっぱり私からお誘いを……！　で、ですが、女性からそのようなことを言うのは、はしたないと思われそうですし……）

おまけにタイミングを逃し続けたことで、逆にハードルが上がりすぎてしまったのか──『ここまで来たら最高の夜をツィツィーに贈りたい』という強いこだわりが、ガイゼルの中で固まっていた。その結果が昨日のだだ漏れな心の声である。

（こういう時、いったいどうすればいいのでしょう……）

男性の教育係に尋ねるわけにもいかず、ツィツィーはうーんと首を傾げた。すると扉をノックする音が響き、侍女のリジーが顔を覗かせる。

「妃殿下、お客様が到着されました」

「はい、すぐに向かいます」

初夜に悩む乙女から一転、ツィツィーは皇妃の顔になって立ち上がった。

ヴェルシアに来た当初は皇妃教育だけに時間を割くことが出来たのだが、結婚式を終えて国内外にツィツィーの存在が知れ渡るようになると、面会を求める貴族が現れ始めたのだ。もちろんこれも皇妃として、大切な務めの一つである。

今日もその一環として公爵夫人との昼食、滞在中の公賓らとのお茶会があり、さらにはいただいた贈り物に対して直筆の礼状を書いたり、こちらからの祝い品に添える手紙の文面を考えたりと、周囲との関係を円滑に保つため、するべきことは次から次へと舞い込んでくる。

もちろん皇妃教育も続いているため、仕事が終われば明日の授業の予習もしなければならない。こうして次に迎える来賓の情報を確認したり、名家のお誘いに応じたりしているうちに——すべてが片づいた頃には日が暮れているような有様で、ツィツィーは連日くたくたになりながら対応に追われていた。


数日後の夜。

いつものように一緒にベッドに入ったところで、ガイゼルが突然口にした。

「ツィツィー、その」

「は、はいっ！」

疲れのためか、少しぼんやりしていたツィツィーははっと目を見開いた。見下ろしてくるガイゼルの瞳はどこか真剣で、ツィツィーはすぐに緊張を走らせる。

（も、もしかして、いよいよ……⁉）

だが身構えるツィツィーに対し、ガイゼルが発したのは労りの言葉だった。

「少し顔色が悪いようだが」

「え？」

何のことか分からずきょとんとしていると、大きな手がツィツィーの前髪を押し上げ、そのまま額の温度を測る。あまり経験のない仕草にツィツィーがドキドキしていると、ガイゼルはむ、と口角を下げた。

「熱はないようだが……最近、公務も立て込んでいると聞いた。あまり無理をするな」

「は、はい……」

素直な返事に満足したのか、ガイゼルは小さく笑みを浮かべると、慈しむようにツィツィーを抱きしめた。心なしか普段より優しい力加減に、ツィツィーはじんわりと喜びを噛みしめる。だがすぐにあっと目を見張った。

（わ、私いま、ガイゼル様に遠慮させてしまったのでは⁉）

そろそろとガイゼルの方を見上げるが、今日は完全にその時ではないと決したのか、すでに緩い眠りの淵に立っている。起こしてしまうのもしのびなく、ツィツィーはしゅんと眉尻を下げた。

（す、すみません、明日こそ……！）

だが翌日はガイゼルの戻りが深夜になったり、そのまた次の日は気合を入れてベッドに入ったにもかかわらず「ランディ様から火急の要請が！」と呼びつけられ、すわ戦神の化身の再来かと思わせる形相でガイゼルが王宮に戻ったりと、なかなか二人の時間は取れないまま。

一時期より多少落ち着いたとはいえ、ガイゼルのこなす執務の量は相変わらず多く、心の声を発する余裕すらなく寝落ちてしまう日もあった。

さらに数日後。

「ガイゼル様、その、お体の具合は」

「……特段、問題はない」

それは東部で起きた災害に、二日連続不眠不休で対応した日の夜。

さすがに連日の激務で限界が来たのか、ベッドに横たわり腕で顔の半分を隠しているガイゼルを、隣に座ったツィツィーが気遣った。

「でもここ数日、とてもお忙しいようでしたし」

「大方は片づいた。今日はもう、呼び出されることはない」

ゆっくりと腕を持ち上げ、小さく微笑むガイゼルの様子に、ツィツィーは少しだけ安堵する。そこでふと、今こそ妻として労わるチャンスなのでは⁉　と思い至った。

「あ、あの、ガイゼル様」

「なんだ？」

「その、お疲れでしたら全然かまわないのですが、ええと」

だがどうしても羞恥が先行してしまい、次第に挙動不審になっていく。

その始終をガイゼルは黙って見つめていたが、やがてふっと笑みを零すと、ベッドについていたツィツィーの手の甲に、自身の指先をそっと重ねた。

「悪いな。最近時間を取ってやれなくて」

「い、いえ！　そんなことは」

「明日、隣国で一泊の行事がある。それが終わったら、まとまった休みを取るつもりだ。……良かったら、少し遠出でもするか？」

「いいんですか？」

「ああ。お前も最近根を詰めていたからな。休息を取った方がいいだろう」

まさかの提案にツィツィーは嬉しそうに顔をほころばせる。

それを見たガイゼルは、そのままツィツィーの手を引き寄せると、指の腹にちゅ、と優しく口づけた。流れるような甘い動作に、ツィツィーの胸はきゅんと音を立てる。

（ガイゼル様……）

しばし赤面していたツィツィーだったが、何故か無性に彼にキスしたくなってしまい――ガイゼルが握る手をするりと引き抜くと、そのまま上体を屈め、手の代わりに自らの口を彼の唇に押し当てた。

天蓋の中はしばし甘い空気に満たされ――ようやくおずおずと離れたツィツィーの眼前に、驚きに目を見開くガイゼルの顔が現れる。

「ツィ、ツィツィー……？」

「あ、明日のお仕事……気をつけて、行ってきてください……」

気持ちが溢れてしまったとはいえ随分大胆なことをと、ツィツィーは逃げるように毛布をかぶると、ベッドの隅っこへささっと避難した。

のちほどガイゼルから「今のはどういう意味だ」と追及されまいかと怯えていたが、よほどの衝撃だったのか『心の声』すら忘れているようだ。

（や、やっぱり、やり過ぎたでしょうか……）

今までのツィツィーであれば、こんな風に積極的に振る舞うことはなかった。

だが最近、ふとした時にガイゼルに触れたくなることがある。

手を繋いでいるだけでは足りない。

強く抱きしめられたい。

彼の体温を、呼吸を、もっと近くで感じたくて――

（わ、私、いったい何を考えているのでしょうか⁉）

だが未知の感情に動揺するツィツィーのもとに、意識を取り戻したガイゼルの重々しい

『誓い』がずしりと響いてきた。

『――決めた』

（え？）

『この休みに、俺は勝負をかける』

（……!?）

　思わず後ろを振り返る。いつの間にかガイゼルは背中を向けており、その表情は分からない。だが先程のキスが引き金となってしまったのか、ガイゼルの決意は完全に固まってしまったようだ。

『まずは宿泊地だが、予定通りウタカでいいだろう。ランディに言って、あらかじめ最高の客室を押さえさせておかなければ。しかしいきなり宿というのも、あからさますぎて引かれる可能性があるな……。オルトレイ地方にはまだ黄葉が残っていたはずだ。もしくはキルシュで行われている収穫祭を訪問するという手もある。ツィツィーは地方の祭りに関心を持っていたから、連れて行けば喜んでくれるかもしれん』

（しょ、勝負って、やっぱり……）

『少し冷えるが遠回りして、ナガマ湖で星空を見るというのもアリだな。……となればツィツィーにもそれとなく、この旅が特別である予感を与えておかなければならないのでは？　しかし直接言うのはあまりにも不躾か。やはり事前に花か宝石を贈って、この旅行に対しての期待値を上げておく必要があるだろう。行幸の帰路、どこかで花を調達して――』

（あ、あわわわ……）

泉のごとく次々と湧き上がってくる『初夜計画』に、ツィツィーは再び毛布を頭からかぶって縮こまる。素敵なデートプランを考えてくれるのは嬉しいが、その裏にある思惑まですべて聞こえてしまっているから本当に居たたまれない。

顔中に血が上っているのが、鏡を見ずとも火照る頬で分かった。

（こ、今度の旅行で、私……）

土壇場でパニックにならないよう、それらしき場面を想像してみる――が、先程間近で目にしたガイゼルの美貌を思い出しただけで、ツィツィーは「無理です！」とぶんぶんと頭を振った。

（と、とりあえず……贈られるお花に驚く練習をしなければ……！）

ツィツィーは若干涙目になりながら。

ガイゼルは自身の思惑が、だだ漏れているのに気づかないまま。

二人は背を向けて、長い長い一晩を明かしたのであった。

そうして眠れぬ夜が明け、ガイゼルは予定通りヴァンらと共に隣国へと出立した。

残されたツィツィーはそわそわと落ち着かない気持ちを隠しつつ、いつものように課題をこなし、淑女としての社交に当たる。

そうして瞬く間に一日が過ぎ、運命の時がやって来た。

（だ、大丈夫です。驚く練習は完璧のはず！）

ソファに腰かけたツィツィーは、扉の向こうからガイゼルが花を持って登場するシーンを思い描き、何度も深呼吸をする。やがてコンコンと控えめなノックの音がして、ツィツィーはぴょんと飛び跳ねるように立ち上がった。

「は、はいっ！」

今にも走りだしそうな心臓をなだめつつ、すぐさま扉を開けて出迎える。だがそこにいたのはガイゼルではなく――どこか複雑な顔をした侍女のリジーであった。


予定より随分と遅くなってしまった――とガイゼルは焦燥しながら、寝室に続く長い廊下を大股で歩いていた。その手には純白の薔薇を水色のリボンでまとめた、豪華な花束が握られている。

（くそっ、まだ寝ていなければいいが……）

ちらりと手元を見る。最初は深紅の薔薇にしようと考えていたのだが、まるでツィツィーそのものの愛らしさを表現しているかのような白薔薇に目を奪われ、そのまま花束に仕立ててもらったのだ。

ガイゼルが皇妃殿下に初めて花を贈るらしい——と知ったヴァンの感激に満ちた眼差しは終始不愉快だったが、ツィツィーが喜んでくれるのであれば、その程度どうということはない。

おまけにガイゼルの手には花束以外にも、美味しいと巷で評判の焼き菓子の箱や、最近ご婦人方の間で人気があるという子熊のぬいぐるみまである。上着の胸ポケットにはツィツィーに似合いそうな宝石もしのばせており、ランディが見たら半眼で呆れそうな出で立ちだ。

(ツィツィーが喜びそうなものを、一通り揃えてみたが……これで足りたか?)

脳内で、改めて作戦をシミュレートする。

扉を開けたら、まずは花束を差し出す。最初は驚いていたツィツィーも、贈り物だと分かると満面の笑みを浮かべるだろう。そこで明日の旅行について伝え、嬉しそうな彼女を抱き寄せ——と完璧な展開を夢想したガイゼルは、知らず足を速める。

(よし、どうやらまだ起きているようだ)

扉下の隙間から漏れる明かりを確認し、ガイゼルは一旦部屋の前で立ち止まった。

ふうーと肺の中の息をすべて吐き切ると、逸る気持ちを腹の奥底にしまいつつ、努めて冷静に扉を叩く。

「ツィツィー、今戻った。これを——」

だが扉を開け、花束を差し出しかけたガイゼルは、そのままぴたりと手を止めた。

普段であれば読んでいた本を急いで閉じ、嬉しそうに「おかえりなさいませ」と駆け寄ってくる——そんな彼女が、一人窓辺にたたずんで遠くを見つめていたからだ。

ツィツィーはすぐにこちらを振り向くと、はにかみながらガイゼルを迎えた。

「おかえりなさいませ、ガイゼル様」

「……ああ」

見間違いだったか、とガイゼルは改めて薔薇の花束を差し出す。先程思い描いていたようにツィツィーは大感激し、ガイゼルに向かって目を細めた。

「お菓子にぬいぐるみまで……ありがとうございます」

「……」

『——今度の休み、久しぶりにウタカに行こう』

夢想ではそう口にするだけで良かったはずだ。

だが考えるよりも早く、ガイゼルはツィツィーに尋ねた。

「何があった？」

「……」

するとツィツィーは花が咲くような笑みから一転して、静かに睫毛を伏せた。

「実はその……ラシーから手紙が来まして」

「ラシーから？」

「はい。……一番上の姉が結婚するので、来てもらいたいと」

その言葉だけで、ガイゼルはツィツィーの憂いの理由が手に取るように分かった。

悩みの根源を断ち切ってやりたい一心で、ばっさりと言い捨てる。

「行く必要はない」

「え？」

「お前はもう、この国の皇妃だ。血縁だからといって、ラシーに帰る義理はない」

口にしながら、ガイゼルはツィツィーの故郷・ラシーの忌まわしい記憶を思い出す。

幼い日のツィツィーを人目につかぬところに隠し、無き者のように扱っていたこと。

保身のため、先帝ディルフ・ヴェルシアに人柱として差し出したこと。

もちろんそれによってツィツィーと再会できたのは幸運だったが——己の父親への慰み者にされかけたと考えるだけで反吐が出る。ツィツィーをこの世に生んでくれたことにだけは感謝するが、それ以外何一つ許せるものではなかった。

「大方、ヴェルシア皇妃としての地位を得た娘を呼びつけ、自分に箔付けしたいだけだろう。そんな場に、わざわざお前が出向く必要はない」

「そう、ですよね……」

心なしかツィツィーの顔に安堵が浮かんだ気がして、ガイゼルもひそかに胸を撫で下ろす。だがいまだ表情を曇らせているのに気づき、再度問い直した。

「……それとも、行きたかったのか？」

「ち、違います！　行くのが怖いのは本当です。お父様もお母様も……きっと、怒っておられるでしょうし……」

当初の予定では、二人の結婚式にラシーの王族らも参加する予定であった。

だが不安そうなツィツィーに気づいたガイゼルは、急遽名代としてラシーに住むヴァンの叔父を指名したのだ。言うなれば「この先お前たちと関わる気はない」という意思表示でもあったのだが――。

（まだ自分の娘を手駒のように思っているのか……屑どもが）

腸が煮えくり返りそうなガイゼルに対し、ツィツィーはなおも押し黙ったままだ。気にすることはない、あんな奴ら放っておけ――と再度伝えようとしたところで、ようやくツィツィーが顔を上げる。

「ただその……会いたい方が、ラシーにいて」

会いたい。

その単語だけで、激憤していたガイゼルの思考が一瞬で凍りついた。

(会いたい？　……誰にだ⁉)

よくよく考えてみれば、ラシーにいたガイゼルがツィツィーと接したのは、わずかな滞在期間のほんのひと時だけ。ガイゼルがフォスター公爵家で孤軍奮闘している間に、思いを通わせ合った相手がいたとしても、なんらおかしな話ではない。ないが……。

(男か？　男なのか⁉　王宮の誰かか⁉　いや待て使用人や庭師という可能性もある。一体どこのどいつがそれほどまでにツィツィーと親しくなったと――)

すると何か誤解されたと感じたのか、ツィツィーが急いで付け加えた。

「あ、会いたいというのは、お世話になっていたニーナという女性で」

「……そうか」

女性、と聞いてガイゼルの動悸は急速に鎮まった。

「小さい頃、私の身の回りの世話をしてくださった方なのですが……。ヴェルシアに輿入れすることが決まってすぐ、私はラシーを離れてしまったので――その方に、まだちゃんとお礼を言えていないのです」

「ああ、あの……」

そういえば、とガイゼルはツィツィーと初めて会った幼い日のことを思い出す。

眠った彼女を送り届けた時に、少しだけ話した年かさの女中がいた。両親から遠ざけられていたツィツィーにとっては、血縁にも等しい相手に違いない。

「こちらに来てから、手紙を出したりはしたのか？」

「はい。式にも出てほしかったのですが一向に返事がなくて……。もしかして何かあったのかと……」

消え入りそうな声のツィツィーに、ガイゼルは口を引き結んだ。

（……なるほどな。であれば一度ラシーに戻りたいのは当然だろう。しかし一人で送り出すわけには……）

そもそも王侯の結婚式は、重要な饗宴外交の場でもある。

出欠そのものが国際社会への政治的なメッセージとなるのだ。

（この招待に乗ればラシーに向かう口実にはなるが……あいつらとツィツィーを会わせるのは心配だな……）

おそらくツィツィーの不安の種もそこなのだろう。

女中には会いたい。だが故国に帰ればガイゼルの意向に背くことになる。折り合わない家族とも顔を合わせなければならない。

ガイゼルはしばし逡巡していたが、やがてひそかに嘆息を漏らした。

「――俺が一緒に行こう」

「え？」

「ラシーに滞在する間、俺が傍にいる。それならば怖くないだろう？」

「で、ですが、ガイゼル様のご公務は……」

「明日から休みを取ると言っただろう。それにこの休暇は元々、お前と新婚旅行に行くつもりで準備をしていた。ラシーへの里帰りをそれに当てればいい」

「い、いいんですか⁉」

「ああ。すぐランディに行程を組ませる」

さらりとそう告げると、ツィツィーは驚きに目を見開いていた。

だがわずかに瞳を潤ませると、弱々しい笑みで「ありがとう、ございます……」と俯く。

それを見たガイゼルは居ても立ってもいられなくなり、ツィツィーを腕の中に抱き寄せた。

「泣く程のことか？」

「いえ、その、嬉しくて」

「結婚式で誓っただろう──『私の心はあなたを守り、私の腕はあなたの盾となるだろう』……お前のことは、俺が絶対に守る。だから心配するな」

「……はい」

零れた涙をぬぐうツィツィーが健気で、抱きしめる手に自然と力が籠もる。その溢れるような愛しさの奥に──少しだけ、ほんの少しだけ、別の思惑も浮かんだ。

（……何はともあれ新婚旅行だ！　道中、それなりに機会もあるだろう。……いやもちろんラシーへ行くのが最優先だ。常にそうしたことを考えているわけではない。ないがっ……！）

予定とは随分変わってしまったが、ガイゼルの本懐に揺るぎはない。

ツィツィーが真っ赤になって、きゅっと手のひらを握りしめたのにも気づかぬまま、ガイゼルはラシーに着くまでのあれそれを再び考え始めるのであった。

だがラシーへの旅は、初手から文字通り壁に突き当たってしまった。

「砂塵嵐、ですか？」

「ああ。ウタカを取り巻く砂漠地帯は年に数回、強い風が吹き荒れることがある。それが地表の砂や泥を巻き上げて巨大な土の壁を作るんだが……その現象が数日前から発生しているらしい」

自室で旅装に着替え終えたツィツィーは、ガイゼルの説明に耳を傾けていた。

今朝になってランディから「ウタカへの宿泊が難しい」という報告が入り、その理由が前述の『異常気象』だ。

「高さは様々だが、ひどいと遥か上空にまで及ぶことがある。視界も悪く、通過するのはほぼ不可能に近い。商隊や巡礼者たちも各地で足止めを食らっているそうだ」

「ど、どのくらいで収まるものなのでしょうか？」

「正直なところ分からん。だが過去の例からいっても、おそらく十日以上はかかるだろう」

「では、ラシーに行くのは難しいですね……」

ヴェルシアからラシーに南下するには、ウタカを経由した陸路が一般的だ。交易路として整備され、拠点も要所に置かれているため、物資の補給に事欠かない。

しかしその道が封じられたとなると、予定していた行程は厳しくなる。砂漠帯を避けて向かう手段もあるそうだが、倍以上の日数がかかってしまうらしい。

（どうしましょう、やっぱり諦めた方が……）

だがガイゼルはふむと窓の外を確認すると、普段と変わらぬ様子で口にした。

「いや、予定通り出発だ。行くぞ」

「え？」

踵を返したガイゼルを追いかけるようにツィツィーと、大きな旅行鞄を持ったリジーが続く。本邸の玄関先には警護つきの立派な箱馬車が列をなしており、その仰々しさにツィツィーは目をしばたたかせた。おまけに中央の箱馬車に繋がれている四頭の馬は、どれも驚くほど綺麗な白毛で、ついでにピンクの花まで飾られている。

皇帝夫妻の出立に、きっちりとした礼装を着込んだヴァン・アルトランゼが、にっこりと微笑んだ。

「おはようございます。これからラシーまで、どうぞよろしくお願いいたします」

「は、はい。ですがあの、ウタカは通れないのでは……」

「ツィツィー、こっちだ」

ガイゼルに呼ばれ、ヴァンへの挨拶もそこそこに先程の白馬の馬車へと乗り込む。走り出してからもずっと使用人一同が笑顔で見送っており、ツィツィーもさすがに恥ずかしさを隠せなかった。

（そういえば、新婚旅行でした……）

帝都を取り囲む市壁の門を越えたところで、ガイゼルがようやく口を開く。

「今回は陸路ではなく、船を使った海路で行く」

「船、ですか？」

「ああ。ここから少し東に進んだところに、隣国のイグザルに属するアルドレアという港町がある。そこからラシーに南下するつもりだ」

大陸の東側は気流の変化が激しく、季節によって風向きが大きく変わる。

だがこの時期であれば、南向きの風が吹く――そのため海路を利用して、ラシーに向かおうというプランだ。なるほどと納得しかけたツィツィーは、ふと教育係から習ったことを思い出す。

「ですが、船は出ているのですか？」

「どういう意味だ」

「以前先生から『寒冷地の港は、冬場になるとそのほとんどが使用できなくなる』と習った気がして……」

ツィツィーの記憶は正しかった。

事実ヴェルシアにも多くの港があるが、流氷などの関係で使えるのは春から秋にかけての短い間だけ。おまけに同近海は水深が浅く、大型船は寄港出来ないのだ。さらに海流の乱れもひどく、陸路ほどの確実性は見込めない。

こうしたことがヴェルシアで海運業が発達しない、大きな要因と言われている。

「よく知っているな。確かに我が国の港はこの季節、結氷して稼働出来なくなる。だがアルドレアの港は『不凍港』と言われていてな」

「不凍港？」

「凍らない港、つまり冬季においても船を動かせる港だ」

同程度の緯度であっても、地形や流れ込む海流の温度などによって、冬場でも変わらず使用できる港が存在する。それらは『不凍港』と呼ばれ、特に北国では経済的にも軍事的にも、喉から手が出るほど欲しいものとされた。

初めて聞く単語を皇妃としての辞書に刻みながら、ツィツィーはほっと胸を撫で下ろす。

「では、そこからラシーに行けるのですね」

「予定ではな。だが正直なところ、まだ確実というわけではない」

「……？」

どこか険しい表情を浮かべたガイゼルの様子に、ツィツィーは首を傾げる。

その後大きなトラブルもなく、日が落ちるまでに国境を越えた一行は、港町アルドレアへと到着した。手配されていた宿に入り部屋で休む二人のもとに、申し訳なさそうな顔をしたヴァンが訪れる。

「陛下、やはり『不在です』の一点張りでした」

「……」

「あの、何かあったのですか？」

おずおずと尋ねるツィツィーに気づき、ヴァンは「すみません」と苦笑した。

「ここの港湾管理者に、事情を説明しにいこうとしたのですが……代表は留守ですと門前払いされまして」

「そうなのですね。ではまた明日訪ねて……」

「それが……多分『居留守』を使われていると思うんです」

居留守？　ときょとんとするツィツィーの隣で、ガイゼルがはあーと苛立った様子で額に手を当てた。

「実は我が国は以前から、アルドレアに対して『協定を結びたい』と打診し続けている」

「協定……ですか？」

「そうだ。この港はヴェルシアにおいて重要な拠点になり得るからな。荷動き量の増加――特に冬季の交易に活用できれば、ヴェルシア全土にわたって大きな利益が見込める。だが何度書簡を送ろうがいっこうに返事がない。イグザル側に尋ねてみても、港の管理は商会が担当している、で話にならん」

聞けばアルドレアの港は『リーデン商会』という豪商がすべて仕切っているらしく、国家権力に縛られない自由貿易区を謳っているそうだ。実際にそれが可能なほど商会の持つ経済力は巨大で、王や領主でも頭が上がらない状態らしい。

「何が不服か、条件だけでも提示してくれればまだ交渉の余地があるが……商会は沈黙したまま、否とも応とも明らかにしない」

「それは困りましたね……」

するとヴァンがやれやれと肩を落とす。

「まあ、ディルフ様の一件がありましたから……」

「どういうことですか？」

「まだ陛下が即位される前、先帝がこのアルドレア港を略奪する――という噂が流れたんです。正直なところ、かなり実行に近いところまで事は進んでいたと思います」

「りゃ、略奪ですか⁉」

「ここは大陸でも貴重な『不凍港』ですから。ですが同時期に国内で大規模な反乱が起きたので、計画は白紙に戻りました。ただ当時の遺恨が今も根深く残っているらしく……」

もちろんガイゼルは暴力での簒奪ではなく、対等な協定を結びたいと持ちかけている。

だが一度ついた悪い印象はなかなか消えないのか、商会側はいまだヴェルシアを警戒し続けているようだ。

「やはり俺が直接出向くしかないか」

「ですが陛下……」

「構わん。ヴェルシアの発展に、ここの港は欠かせないからな」

その後ヴァンと二〜三用件を確認してから、ツィツィーとガイゼルはようやくベッドへ入った。一日中馬車に揺られていた疲れからか、すぐに夢心地になってしまう。

（なんとか、商会の方とお話が出来るといいのですが……）

思考が次第に途切れ途切れになっていき、ツィツィーは静かに目を閉じる。ガイゼルの胸にこっそりと頭をくっつけながら、明日には何か進展があるといい――とそのまま眠りに落ちた。


だがツィツィーの願いとは裏腹に、進捗は芳しくなかった。

翌日朝早くに出かけたガイゼルは、昼過ぎにはツィツィーのいる宿へと戻って来たのである。帰り着くなり、ヴァンが珍しくぼやいた。

「いや、まさかこれほどとは……」

「……」

さすがにヴェルシア皇帝直々の推参であれば、リーデン商会側も一も二もなく門戸を開くと思われていた。だが昨日のヴァン同様『代表は不在です』と――怒れるガイゼルを目の当たりにした重役たちが、平身低頭涙目で謝罪したらしい。

「見込み以上に手ごわい相手ですね。いくら皇帝が代替わりしたとはいえ、ヴェルシアの不興を買うことが恐ろしくないのでしょうか？」

それだけ先帝・ディルフが憎まれていたということか。

ガイゼルはひどく苛立った様子で、改めて指示を出した。

「もういい、このままでは埒が明かん。ヴァン、港に行って個人で動ける船を探せ。見つかり次第それでラシーまで移動する」

「へ、陛下、協定のお話はよろしいのですか？」

「今回の主目的はラシーまでの足を得ることだ。向こうに話し合う気がない以上、時間の無駄だろう。また気長に交渉を続けるしかない」

「そ、そうですね……」

確かに商会側がここまで拒絶する以上、強行するのは得策ではない。

外交の難しさ、複雑さを実感しつつ、ツィツィーは静かに言葉を呑み込む。

だがその後も事態は思うように進まず——ヴァンが何隻かの船長に当たってみるも『リーデン商会の許可がなければ無理だ』と全員から断られた。変装をしてただの旅人として乗り込むことは可能かもしれないが……なにせこの大所帯、とてもごまかしきれないでしょうとヴァンは肩を落とす。

その間ガイゼルも、再度商会との談判を試みていたが——待てど暮らせど代表が交渉の席に着くことはなかった。


アルドレアに到着してから三日目。

宿屋の部屋で外出の支度をしながら、ガイゼルがため息をついた。

「……すまないツィツィー。これほど足止めを食らうとは」

「い、いえ！　私だけでしたら、ラシーに帰るのをとっくに諦めていたと思うので……ここまでしてくださって、とてもありがたいです」

「今日、改めて商会を訪ねる。もう少しだけ待っていてくれ」

「はい。でもあまり無理はなさらないでくださいね」

不安そうな様子のツィツィーを見て、ガイゼルはわずかに微笑む。そのまま軽く身を屈めると、流れるように頬に口づけを落とした。

「――っ！」

「ずっと部屋にいるのも窮屈だろう。護衛を何人か残しておく。外の空気が吸いたくなったら連れて出ろ」

「あ、ありがとうございます」

『本当は俺が残りたいくらいだがな……。アルドレアの港町は賑やかと評判だし、海を望む景観も見事なことで有名だ。――くそっ、それなのにどうして俺はヴァンなんぞと練り歩かねばならん……』

（ガ、ガイゼル様……）

皇帝としての矜持がギリギリ上回ったガイゼルが、渋々出かけて行く姿をツィツィーは申し訳なく見送る。一人になった部屋で改めて窓の外を眺めると――ガイゼルの言葉通り、港に続く道はとても楽しそうで、ツィツィーの心は少しだけ浮き立った。

同時にふと名案を思いつく。

（せっかくですからここで、ガイゼル様へのお返しを探してみましょうか？）

里帰りの騒動ですっかり驚きが薄れていたが、薔薇の花束をはじめとしたたくさんの贈り物をガイゼルから貰っていた。感謝の言葉は伝えたが、どうせならツィツィーからも何かプレゼントを返したい。

ツィツィーはさっそくリジーに相談し、護衛たちに同行を願い出た。あまり人ごみには行かないよう、周囲に気をつけながら散策に繰り出す。

（わあ……本当に素敵な街……！）

着いた時は夜だったので気に留めなかったが、アルドレアの街路は眩いばかりの白い石畳だった。道沿いに立ち並ぶ住居や商店なども白い外壁で統一されており、扉や窓枠は水色やピンクといったパステルカラーで彩られている。可愛らしいその姿は、まるで絵本の中の街のようだ。

建物の多くは丘陵地に建てられており、港に下るなだらかな道が家々の間を縫うように延びている。ひんやりと透き通った初冬の空気の中、ツィツィーはゆっくりと店を見て回ることにした。

（贈り物……何にしましょう？）

甘いものはあまり食べているところを見たことがないし、宝飾品の類も関心はなさそうだ。本当なら剣や盾などが良いのかもしれないが、残念ながらツィツィーにそうした武具の良し悪しを見極める自信はない。

（あまり荷物になってもいけませんし……。あら、あれは……）

そこでツィツィーは、とある店の前で立ち止まった。ガラス窓越しに展示されていたものをしげしげと眺める。

「リジー、これはどうでしょう？」

「まあ！　素敵ですね」

女性同士きゃっきゃと楽しそうに品定めしていると、来客に気づいた店主が嬉しそうに扉を開けた。その直後、ツィツィーたちの背後にずらりと並んでいた護衛の数にぎょっと目を剝く。

「すみません、よければ少し見せていただけますか？」

十数分後、シンプルな青紫の包装を抱いてツィツィーは店を出た。ガイゼルへのプレゼントも手に入ったし、そろそろ宿に戻ろうと元来た道を振り返る。

すると突然、潮の香りをまとった強風に煽られるように、途切れ途切れの『心の声』がツィツィーの耳をかすめた。

『――けて、……助けてぇ!!』

「――っ!?」

声質からしてガイゼルのものではない。すぐにリジーや護衛たちの様子を確認するが、特に周囲を気にしている人物はいなさそうだ。

（いったいどこから……）

ツィツィーは必死になって耳を澄ます。すると再び港から風が吹き上げ、その中に先程と同じ声を『受心』した。たまらず海に向かって街路を駆け下りる。

「妃殿下⁉　どちらに」

「ごめんなさいリジー！　少し気になることがあって」

すぐさまついてくる護衛たちを伴ったまま、かすかな声を頼りにツィツィーは港の桟橋へと到着した。係留用の係船柱が並ぶその場所で、再び神経を集中させる。だがそれらしき声はもう聞こえてこず、ツィツィーは焦燥を露わにした。

（どうしよう、確かに助けを求めていたのに……）

不安そうにうろうろとあたりを見回すツィツィーの様子に、護衛たちも何ごとかと周囲に目を配る。すると遅れて駆けつけたリジーが、恐る恐る海面を指さした。

「あの、あそこだけ、泡が浮かんでいるようなんですが……」

「‼　すみません、誰かロープを！」

必死なツィツィーに急かされるように、護衛の兵士たちは近くの船からロープと救命具を借り受けると、一人が海底へと潜った。祈るような気持ちで待っていると——やがてぷはあと息を吐きながら、兵士が水面から顔を出す。その肩にはぐったりとした男性が担がれていた。

救命具に載せられた男性はそのまま桟橋へと引き上げられ、やがてごほっと水を吐き出す。ツィツィーはそろそろとしゃがみ込むと、男性に恐る恐る声をかけた。

「だ、大丈夫ですか？」

「……ぼくは、いったい……」

溺れていた男性は、ガイゼルと同じ年格好だった。焦げ茶の髪は濡れて艶々と光っており、同じく茶色の瞳はぼんやりと遠くを見つめている――が、ツィツィーと目が合った途端、ぱちぱちと大きく瞬いた。

「あな、たは？」

「ツィツィーと申します。ご気分はいかがですか？」

心配そうに声をかけるツィツィーに対し、男性はぽおっと頬を染めると、熱っぽい視線で見つめてきた。やがてすぐに跳ね起きると、ツィツィーの両手をしっかりと摑む。

「だ、大丈夫です！　それより、ありがとうございました！」

「い、いえ」

「あなたは僕の命の恩人……いえ、女神様です‼」

「あ、あの、どうか落ち着いて……」

恍惚とした表情を浮かべる青年の様子に、ツィツィーはそうっと手を引き抜こうとする。

だが青年の興奮は収まらず、握った手にいっそう力を込めた。

「どうかお礼をさせてください。そうだ、あなたさえ良ければぼくの家に――」

「け、結構ですから、あの、手を」

瞬間、ツィツィーは名状しがたい感情の塊がこちらに迫って来るのを感じた。

それはどんどん近づきつつあり、ツィツィーはぞぞぞと背筋を凍らせながら、いよいよまずいと首を振る。

「あの、本当にそろそろ離れていただいた方が」

「何故です？　こうして出会えたのも何かの運命。そうだ申し遅れました、ぼくの名は──」

しかし男性が名乗る前に、二人の頭上に大きな影が落ちた。

男性が「え？」と顔を上げると同時に、襟首を摑まれた彼の体はふわりと浮き、そのまま美しい放物線を描いてぼしゃんと海面へ放り投げられる。

ツィツィーが振り仰ぐと──騒ぎを聞き、急いで駆けつけたガイゼルが男性が落ちたあたりを冷たい目つきで睨んでいた。

「ガ、ガイゼル様！　なんてことを！」

「人の妻に手を出す奴に、容赦など必要あるまい」

「だ、出されてません！」

結局二度目の救助を受ける羽目になった男性は、今なおどす黒い怒りを漂わせているガイゼルから目をそらしつつ、改めてツィツィーに感謝を述べた。

「あの、本当にありがとうございました……。風でスケッチが飛んでしまって、それを取りに行こうとしたら足を滑らせてしまい……」

「い、いえ、ご無事でよかったです」

「このご恩は必ず。ああそうだ、申し遅れました。ぼくはマルセル――マルセル・リーデンと申します」

「マルセル……リーデン？」

その名前を聞いたツィツィーとガイゼルは、揃って目をしばたたかせた。まさかと思いツィツィーが尋ねる。

「あの、もしかして……リーデン商会の？」

「あ、はい！　父が代表を務めております」

「ガ、ガイゼル様……」

「ああ」

ガイゼルはすぐに組んでいた腕を解くと、おもむろにマルセルの胸倉をがしっと掴み上げた。そのままふっと口角を上げると、据わった目で笑う。

「お初にお目にかかる。俺はガイゼル・ヴェルシアだ」

「ガイゼル……ヴェ、ヴェルシア⁉」

「ようやくお会いできて光栄だ。さて……ゆっくりと話をさせてもらおうか」

（まさか、リーデン商会代表の息子さんだったなんて……）

ヴェルシアの名を聞いたマルセルはぎゃーと震え上がり、その様子を見ていたツィツィーは、どうか穏便に進みますようにと心の中で祈った。

かくして開かずの扉となっていたリーデン商会の門は、ツィツィーの手によって易々と開かれた。

商会の建物は、街の景観を意識した白煉瓦造りの三階建てで、窓枠や屋根部分の飾りは淡い紫色が使われている。玄関ホールに入ると、床に隙間なく敷き詰められた藍色の絨毯と、磨き上げられた大理石の両階段がツィツィーたちを迎えた。

来賓室には百合の花が浮かぶ水色の壁紙。飾られた絵画も写実的ではない、荒々しい筆致のものばかりで、初めて見る舶来品の珍しさにツィツィーは目を輝かせる。その表情に気づいたのか、マルセルはにこやかに声をかけた。

「何かお気に召したものがありましたか？」

「え？」

「いえ、とても幸せそうに眺めておいででしたので。良ければ――」

そんなマルセルの言葉を、ガイゼルが咳払い一つで断ち切った。ひい、と小さく悲鳴をあげたあと、向かいのソファに座ったマルセルがびくびくしながら頭を下げる。

「こ、この度は、大変失礼いたしました……」

「さっそくで悪いが貴殿の父君――当主のアーロン殿を呼んでいただきたいのだが」

「それがその……父は今、本当にいないのです」

マルセルの返事に、ガイゼルはいよいよこめかみに青筋を浮かべた。

「……手紙でも何度も申し上げたが、現在のヴェルシアは、あくまでも対等な協定を希望している。確かに先帝時代、貴公らを我が国が脅かした事実があることは認めよう。だが今は――」

「そ、そうではなくて！　いえ、前は確かにそうだったんですけど！　今は本当に『いない』んです！」

蒼白になって否定するマルセルの様子に、ツィツィーはただごとではないと察する。

「でしたらいつ頃お戻りになるかだけでも、教えていただけないでしょうか？」

「それがその、ぼくにも分からなくて……」

「それで納得できると思うか？　これ以上隠し立てするのであれば――」

「ほ、本当に隠しているわけではありません！　というか、実はその……父は今、と、投獄、されているのです……」

思いもよらない理由に、ツィツィーははっと息を呑んだ。隣にいたガイゼルも同様だったらしく続く言葉を失っている。そんな二人を前に、マルセルは膝に置いていた手をぎゅっと握りしめた。

「も、もちろん、父は無実です！　何もしていません！　ただそれを証明するだけの証拠が、どうしても見つからなくて……」

「……事情を聞かせてもらおう」

「……二カ月前、イグザル国による港の定期監査が行われました。アルドレア港を使う船の乗員や積み荷などを、役人が目視で確認するものです」

貨物の輸出入に際して禁止・規制に違反のない旨を、荷主はあらかじめ国へと申告する。それを受けた担当官署は、提出書類の記載内容が遵守されているか否かを船舶別に見て回るそうだ。

ただしアルドレア港を利用する船は、その申告をリーデン商会に行う。もちろん国の審査と同じレベルのチェックが入るが、出航までの待機期間が格段に短く、手続きも簡素化されているため、船乗りたちには大変好評だった。

これまで一度として違反者を出したことはなく、リーデン商会に対する国からの信頼は厚い。そのため定期監査というのも、ほとんど形式上だけのものになっていた。

「認可された船には、父のサインが入った書面を発行します。父は商売に対してとても実直な人なので、手抜かりはなかったはずです。ですがその監査の日に限って――怪しい船が、一隻発見されました」

驚いた商会の人間は、監査の役人たちとともにその船に入った。だが中に乗組員の姿はなく、代わりに『生きた人間』が縛られて座っていたらしい。

「彼らの証言から……父は『人身売買』を疑われました。当然すぐに否定しましたが、無人の操舵室から、父のサインが入った許可証が出てきてしまい……」

「ど、どうしてですか？」

「分かりません。ですが間違いなく父の筆跡でした。結果として父は、その場で役人に拘束されて――」

捕らえられていた被害者たちは、幸いそのまま故国へと戻ることが出来た。だが犯人を特定することが出来ず、『リーデン商会が関与していた』という疑いを晴らせないままだという。

「こちらも手を尽くして調べているのですが、いまだ無実を示せるものがなく……。このような不祥事が世間に広まれば、うちは一気に信用を落としてしまうでしょう」

「再三の訪問を断り続けていた事情は理解した。……だが、それならお前は一体何をしている？　父親の不在を埋めるのが、後継としての仕事ではないのか」

「う、そ、それは……」

ガイゼルの言う通り、家が大変なことになっているのであれば、息子であるマルセルが指揮を執る場面だろう。痛いところを突かれたとばかりに、マルセルは苦渋の色を滲ませる。

「その、本当にお恥ずかしい話……ぼくはあの、まったく商売の才能がなくて……。最初は父に代わって、家業をこなそうとしていたのですが……あまりの体たらくに古参の重役たちから『マルセル様はお父上のご無事をお祈りください』と追い出されてしまい……」

「それで、外で絵なんぞ描いていたというわけか」

「……いいんです。ぼくに出来るのは邪魔をしないことくらいで……。もともと父からも、何も期待されていませんでしたから……」

マルセルはしょんぼりとうなだれてしまい、室内の空気がずうんと重くなった。あまりの居心地の悪さに、ツィツィーは場をとりなすように明るく話題を振る。

「そ、そういえば、どんな絵を描かれるのですか？」

「つまらない絵です。港に入ってくる船をスケッチするだけで……」

「よければ私、見てみたいです」

その言葉にマルセルはうっ、と顔をしかめた。だが他ならぬツィツィーの頼みとあってか、渋々といった風に自室から過去の作品を持ってきてくれる。そこには実に見事な船のデッサンが描かれており――もはや絵画というより、精緻な図面のようだ。

「すごい！　お上手なんですね」

「そ、そんなこと、全然……」

するとツィツィーの隣からそれらを一瞥したガイゼルが、鋭い視線をマルセルに向けた。

「本当に、これをお前が描いたのか」

「はっ、はいっ……！　すみません、下手でっ……」

「……」

再びむっすりと押し黙ってしまったガイゼルに、マルセルはどんな叱責を受けるのだろうかとがたがたと畏縮する。だがようやく気持ちの整理がついたのか、ガイゼルは息をはあと吐き出した。

「――もういい。これまでの非礼は水に流そう」

「す、すみません……」

「父親の件はこちらも手を貸す。もちろん、すぐに無罪放免とはいかないだろうが……どのみち、このまま港を封鎖させておくわけにはいかないからな」

まさかの申し出に、マルセルはぱあっと頬を紅潮させる。

「あ、ありがとうございます！」

「その代わりというわけではないが、ラシーへ向かう船を一隻都合してもらいたい。陸路は砂塵嵐で足止めされていてな」

だがガイゼルの交換条件に、マルセルは再びうっと顔を曇らせた。

「そ、それは、ちょっと難しいかと……」

「何故だ」

「実は最近……近くの島を拠点にした、海賊が暴れているのです」

マルセルいわく――リーデン商会はこれまで、港に出入りする船を護衛するため、大規模な傭兵団を雇っていたらしい。だが代表の不在により、支払い関係が一時的に混乱――傭兵たちへ払うべき報酬が滞ってしまい、不信感を覚えた一団は別の雇用主のもとに移動してしまったという。

するとそれを聞きつけた海賊たちが、警備の手薄なアルドレア港周辺を狙うようになり、今では彼らの巣窟となってしまった。以前ヴァンが個人の船に出航を依頼した時、船長らに断られたのは、こうした裏事情があったからだろう。

「新しく傭兵を雇おうにも、時間もお金もかかります。ただでさえ、父の無実を証明するために多くの失費がかさんでいるのに……」

「マルセル様……」

がっくりとうなだれてしまったマルセルを、ガイゼルは静かに見つめていた。だがすぐに目を閉じると、背後に控えていたヴァンに命令を下す。

「ヴァン、今すぐ市場に行って、派手な服をいくつか見繕ってこい」

「服、ですか？」

「連れてきた中から、特に腕が立つ者を集めてそれを着せろ。適当な装身具もな」

その時点でヴァンはガイゼルの意図を察したのか、わずかに苦笑するとすぐに退出した。

残されたツィツィーとマルセルが疑問符を浮かべていると、ガイゼルがどこか楽しそうに口を開く。

「やはり一隻、船を貸してもらおう」

「え？　で、ですが……」

「問題ない。すぐにすむ」

（ガイゼル様……？）

不思議がる二人をよそに、ガイゼルは不敵な笑みのまま優雅に足を組んだ。

その日の夕方、捕虜となった大勢の海賊が港に入った。

一列になって連行されて行く姿を横目に、晴れやかな様子のヴァンが微笑む。

「陛下、おそらくこれで全員かと」

「ああ。よくやった」

「あの陛下、これは一体……」

「奴らの根城を叩いただけだ」

その言葉に、ツィツィーは改めてヴァンの姿を確認する。

まるでどこぞの放蕩息子が着るような華美な服をまとっており、これ見よがしに金のネックレスや宝石の指輪まで嵌めていた。とても様になっているが、普段のヴァンとは大違いだ。

「陛下の読み通り、すぐに襲いかかってくれました。身代金をちらつかせ、棲処まで連れて行っていただいたところで、残りの賊と合わせて一網打尽に」

「す、すごいですね……」

余裕の笑みを浮かべる護衛たちの一方、ずっと手をこまねいていた海賊問題があっさりと片づいたことに、マルセルはひたすら感激していた。

「あ、ありがとうございます！　まさか海賊退治にまで力を貸していただけるなんて」

「ラシーに行くために仕方なしだ。特段お前のためではない」

「そ、それでも、ありがとうございます！　あの、出来れば何かお礼をしたいのですが……」

「では父親が戻って来た時、協定を結ぶのに一役買ってほしい」

「は、はい！　それはもちろん！」

それから、とガイゼルはふと顎に手を添える。

「さっき見せてもらった、お前の絵を貰えるか」

「ぼくの絵、ですか？　そんなもので良ければ、全然かまいませんけど……」

かくしてツィツィーたちはようやく、アルドレアの港からラシー行きの船を出してもらえることとなった。だがすでに日も落ちているため、翌日の早朝に出発しようと二人は宿へ戻る。すでに三泊目となる部屋のベッドで、ツィツィーはガイゼルに微笑みかけた。

「ガイゼル様、今日は本当にお疲れさまでした」

「礼を言うのは俺の方だ。お前のおかげで、当主のいない家に通い続ける無為な時間を過ごさずにすんだ」

そこでツィツィーは無実の罪で捕まっているという、マルセルの父親のことが気にかかった。

「当主様、大丈夫でしょうか……」

「明日王宮に便りを出しておく。ランディが事実関係を調べるだろう。……だが正直なところ本当に冤罪なのか、実際に代表が悪事に加担していたのかは分からない」

「そう、ですよね……」

「……だがまあ、俺もリーデン商会の真面目な仕事ぶりは聞いている。おそらく何か行き違いがあったのだろう」

心配するなとばかりに抱き寄せられ、ツィツィーはそのままガイゼルに体を預ける。

するとそれまでの頼りがいのある発言から一転、何やら焦燥した『心の声』が聞こえてきた。

『それにしても……溺れていたあの男をよく見つけられたな』

（え？）

『単なる偶然と思っていたが、もしやあの男――ツィツィーのあまりの可愛らしさに見とれて海に落ちたのでは……？』

（ええ——っ⁉）

　まさかの発想にツィツィーは思わず赤面する。

　だがガイゼルの妄想はとどまるところを知らなかった。

『なるほど、それならツィツィーがすぐに気づくのも当然だ。歩いているだけで花の妖精が舞い降りたかのような可憐さだからな。目が奪われるのは仕方がない。……だがあの男、どう見ても助けてくれたツィツィーに惚れ込んでいるようだった。まあ美しい上に優しいとくれば、好意を持ってしまうのは当然だろうが……』

（あ、あわわわ……）

『人助けは確かに素晴らしいことだ。止める理由などない。……だがこのままでは、出会う男が全員ツィツィーを好きになってしまうだろうが！　やはり世の中の男に見せるのは今後控えるべきか？　もしくは一人で出歩くのを禁止して……いやしかし自由を奪ってしまうのは俺の本意ではない。……くっ、頼むからツィツィーはもう少し、自分が規格外に愛らしいことを自覚してくれっ……！』

（ど、どうしてそんな結論に……）

　とんでもない思い込みを訂正しようと試みるが——『心の声』が聞こえたから救助に行きました——などと言い出す勇気はさすがになく、ツィツィーはガイゼルの思考を切り替えさせるべく慌てて顔を上げる。

「あ、あの、ガイゼル様！　実はお渡ししたいものが」

そう言ってツィツィーは、鏡台に置いていた青紫の箱を手に取り、再びベッドへと戻った。緊張しつつ両手で差し出すと、受け取ったガイゼルがそっと蓋を開く。

「これは……」

中に入っていたのは、銀細工に青い宝石がはめ込まれた護符だった。

台座から取り外して傾けると、宝石の中央に白い混合物がわずかに見える。

「この地方に伝わるお守りだそうです。身に着けておくと、どんなに厳しい航海や戦地に赴いても、必ず無事に帰ってくることが出来ると言われているそうで」

「……」

「ほ、ほんの気休めだとは分かっているのですが、少しでもガイゼル様を守ってくだされぱと思い……そ、そういえば、中に他の色がある石はとても珍しいとのことでした！」

購入時、店主から熱心に語られたセールスポイントを、ツィツィーは頬を赤くしながら一生懸命説明する。だが反応はなく、気に入らなかったかしらとツィツィーはそろそろとガイゼルを覗き込んだ。

するとそこには、珍しいほど顔を赤くした彼が。

「ガ、ガイゼル様……？」

『ちょっ……と待ってほしい。これは現実か？　夢ではないよな？　ツィツィーが俺にプレゼントだと……？　以前イシリスで名産の酒を振る舞われたことはあったが、あれはすぐに呑んでしまったからな……。となると、形に残るものとしては初めて、なわけで……』

（そ、そう言われれば、確かに……）

『しかも、必ず無事に帰って来てと――。くっ、なんでそんな健気でいじらしい理由で選ぶんだ！　女神から護符を下賜されるなんて、そんな奇跡があっていいのか⁉　というか、お前がそう願ってくれたというだけで、すでに俺は瀕死なんだが⁉　いやダメだ、ツィツィーの思いを裏切るわけには‼　俺はたとえ死んでも生きて、必ずツィツィーのもとに戻らねばならん……っ！』

（どういう状態ですか⁉）

死んでも生きて戻るとは、はたして一体。

いよいよ人間離れした覚悟を決めたガイゼルは、護符の青い輝きをしばし手のひらの上で眺めていたが、そっと大切そうに握りしめた。

「……もしかして、これを買うために街へ下りたのか？」

「は、はい……。すみません、ご迷惑でしたか？」

「そんなはずないだろう。……お前が、俺のために選んでくれたのに」

ガイゼルは襟元をくつろげると、すぐに護符を首から下げた。まるで元々そこにあったかのように、宝石はガイゼルの胸元で小さく煌めく。

「どうだ」

「と、とてもよくお似合いです！」

「そうか」

贈り物を受け取ってもらえた安堵と、さらに身に着けてくれたという二重の喜びに、ツィツィーはぱあっと顔をほころばせる。それを見たガイゼルはツィツィーの手を取ると、ぐいと自らの方に引き寄せた。

「では、俺からも礼をしなければな」

「え？　でもこれは、以前陛下からいただいた贈り物へのお返しで」

「ではさらにそのお返しだ。というか今、呼び方を間違えただろう？」

「あっ！」

最近ようやく慣れてきたと思ったのだが、つい『陛下』と口にしてしまった。あわあわと慌てるツィツィーをガイゼルはすばやく抱きすくめると、顎を持ち上げ慣れた仕草で口づけを落とす。

「ん……」

「……ふ、これは呼び名を間違えた仕置きで」

ゆっくりと顔を離したガイゼルを、ツィツィーはぽうっとした瞳で見上げた。ガイゼルはどこか楽しそうに微笑（びしょう）すると、顔の角度を変えてより深く唇（くちびる）を重ね合わせる。

ツィツィーは小さな手を、ガイゼルの体の前できゅっと握り込み――やがて体内でくすぶり続ける熱を、はあと吐息（といき）だけで逃（に）がした。

「……ガイゼル、……さま……」

「これが、礼だ」

先程より随分（ずいぶん）長いキスを受けとめたあと、真っ赤になったツィツィーは息も切れ切れに俯（うつむ）いた。固く結んでいた手でとん、とガイゼルの胸を叩いて控えめに抗議（こうぎ）する。

「お、お仕置きとお礼が、同じ気がするのですが……」

「そうか？」

では次はどちらがいい？　と尋ねながら、ガイゼルは優しくツィツィーをシーツの上へと押（お）し倒（たお）したのだった。


翌日。順風と清々（すがすが）しい快晴に恵（めぐ）まれ、港はにわかに活気づいていた。

どうやら昨日の海賊退治の件が他の船長らにも伝わったらしく、ラシー行きの船はもちろん、諸外国へ向かう帆船（はんせん）が幾隻（いくせき）も並んでいる。荷を積み込む威勢（いせい）のいいかけ声を聞きながら、ツィツィーは隣に立つガイゼルを見上げた。

「いよいよですね」

「……ああ」

（……ガイゼル様、大丈夫でしょうか？）

どことなく不機嫌さを滲ませるガイゼルに、ツィツィーは昨日の夜を思い出す。

無事贈り物を渡し、ベッドですっかり良いムードになった二人だったが――ガイゼルはあと一歩を踏み出そうとする寸前で、何かを思い出したかのようにぴたりと腕を止めてしまったのだ。

『……ダメだ。明日はラシーに向けた船上にいるはずだ。陸地で十分な睡眠をとっておかねば、揺れに慣れていないツィツィーが眠れない可能性もある。やはり今夜は……、だがこんな機会滅多に……。くっ……焦るな、ガイゼル・ヴェルシア！　待てば必ず戦の勝機は来る……っ！』

（い、いつから戦になったのでしょう……）

正直なところツィツィーはいつでも白旗状態なのだが、慣れない環境で無理をして、ガイゼルやリジーたちを困らせたくないというのも本音だ。結果――一線を越えたい気持ちを互いにぐっと堪え、二人は悶々とした一夜を明かした。

そんな二人の葛藤を知る由もなく、船長らと話を終えたマルセルが、すみませんと駆け寄ってくる。

「お待たせしました。まもなく出航出来るそうです」

「色々と世話になったな」

「とんでもない！　こちらこそ皇妃殿下には命を助けていただき、陛下には港を救っていただきました。これからも何かお困りのことがあれば、その時はいつでも協力させてください。……まあぼくでは、あまり大したことは出来ないかもしれませんけど……」

それからこれを、とマルセルは一巻きの紙を差し出した。

「お約束の絵です。こんなものでお礼になるかは分からないのですが……」

「いや、いただこう。感謝する」

ガイゼルはすぐに紐を解くと、しばらく見入った。その姿にマルセルは一度唇をぐっと引き結ぶと、ツィツィーの方に向き直る。

「こ、皇妃殿下。またこちらに来られる機会があれば、その時はぜひ、立ち寄っていただければと……。い、いつでも大歓迎ですので！」

「はい。ありがとうございます」

「そっ、その時までには、ぼくも……陛下のようなしっかりとした、強い男になれるよう頑張ります……！」

そう言ったあと、マルセルはちらりとガイゼルの方を見た。当のガイゼルは絵に集中しているのか、こちらの会話には気づいていないようだ。

父親のような商才もない、交渉ごとにも向いていない——と後ろ向きだったマルセルの心にほんの少しだけ新しい風が吹いたようで、ツィツィーは「はい」と答えながら、嬉しそうに微笑んだ。


やがて荷役作業が完了し、マルセルや商会の面々に見送られながら、ツィツィーたち一行はアルドレア港を出航した。帆に受ける風の量も申し分なく、まるで雪原を滑るそりのように、ぐんぐんと岸壁が遠のいていく。

日光に照らされた甲板で、頬にあたる海風と船首から両舷に広がっていく白波を楽しんでいたツィツィーは、舞い踊る髪を押さえながらガイゼルに話しかけた。

「ガイゼル様、またいつかあの港に行きたいですね」

「ああ。その時は、少し二人で街を歩くか」

「はい！」

喜色満面なツィツィーの様子に、ガイゼルはふっと口角を上げる。あの美しい石畳を二人で散策する姿を想像しつつ、ツィツィーもまた目を細めるのだった。

第三章 過去の色々と対決です。

港町ヴェリ・タリ。

大陸の南方にある群島からさまざまな船が出入港し、旅行者や商人たちで賑わうこの場所は、南の小国・ラシーにおける交易の要所である。昼夜問わず人出があるため、露店や立食形式の屋台が連なっており、きっちり整備されたアルドレアとはまた違った印象の港だ。

気候もがらりと変わり、アルドレアでは寒くて外套が手放せなかったツィツィーも、今では薄手のドレス姿。さすがのガイゼルも暑いのか、黒いシャツの両袖をまくっている。

船員の話によると、近年稀にみる長い日照りが続いているそうだ。

「ようやくラシーに着きましたね」

「ああ。体調は問題ないか？」

「はい。まだちょっと、地面が揺れている気がしますけど」

マルセルが用意してくれた客船はリーデン商会が所有する最新型のもので、既存の船と比べて格段に揺れが少なかった。船室も普通の宿泊施設と変わらぬ豪華さで、ツィツィーはこんな贅沢な船があるのかと驚いたものだ。

ただいくら軽微とはいえ長く揺られた身体への影響は強く、ツィツィーはいまだふわふわとする自身の足元を確かめるように、何度かとんとんと足踏みする。足元の影は色濃く、久しぶりに浴びたラシーの陽光は以前よりずっと眩しく感じられた。

「そういえば、船旅は初めてだったんだな」

「はい。ガイゼル様はおありですか？」

「海戦術を学ぶために、一月ほどグレンに無理やり軍船へ乗せられたことがある。乗組員として下働きまでさせられたが、おかげで船酔いしない方法だけは体得した」

「まあ……」

苦虫を噛み潰すように口元を歪めるガイゼルを見て、ツィツィーは彼とよく似た性格の養父のことを思い出した。

本当はガイゼルに『未来の皇帝』としての知見をつけさせたかっただけなのに、何故か二人揃ってぶっきらぼうに船出する光景を想像してしまい――ツィツィーはこっそりと微笑む。そこにようやくヴァンが戻って来た。

「遅くなって申し訳ありません。予定ではラシーの王宮から迎えが来るはずなのですが、まだ到着していないようで」

「連絡はついているのか？」

「行程が変更になった時点で、ランディ様に伝書鳩をお願いしています。お部屋を用意しましたので、時間までどうぞそちらでお休みください」

「ヴァン様、ありがとうございます」

いえいえ、と爽やかな笑みで応じるヴァンに先導され、ツィツィーたちは街中を移動する。だがその道すがら、ツィツィーはわずかな違和感を覚えていた。

（何でしょう……以前来た時より、元気がないような）

およそ一年前――ガイゼルと共にヴェルシアへ帰る際、衣類や食糧を調えるためここに寄ったことがある。その頃の往来は活気に溢れ、街中もとても賑わっていたはずだ。

もちろん船乗りたちの威勢のいい声や、屋台から流れてくる美味しそうな匂いなどに変わりはない。ただどことなく――息を潜めるような、何かを我慢しているかのような緊張感に満ちていた。

するとツィツィーたちが歩く大通りから一本奥に入った裏路地に、座り込む女性の姿があった。異変を感じたツィツィーは思わず足を向け、彼女に声をかける。

「大丈夫ですか？　どこかお加減が悪いのでは……」

「う、……」

その言葉に女性はゆっくりと顔を上げたものの、ひどく顔色が悪く意識が混濁していた。

すぐに気づいたガイゼルがしゃがみ込み、女性の脈を取る。

「熱中症か？　それにしては体温が低いな……」

「す、すぐにお医者様へ連れていかないと」

するとそんな二人の背後から、慌ただしい話し口の一団が駆け寄ってきた。

「ガイゼル皇帝陛下にツィツィー様!!　捜しましたぞ！」

「遅くなり申し訳ございません。どうぞ、あちらに迎えをご用意してございます」

「あなた方は……」

見覚えのある顔に、ツィツィーはぱちぱちと瞬いた。ヴェルシアに輿入れする話をされた際、父王の傍に控えていた重臣たちである。どうやら彼らがラシーからの遣いのようだ。

「お迎えに来ていただいたところすみません、この女性が苦しそうで……」

「やや、本当でございますな。この気温にやられたのでしょう。連日の猛暑で、こうした症状の病人が王都でも増えておりまして」

聞けばラシーはここ数カ月、異常なまでの干天が続いているという。そのためラシーの国全体で慢性的な水不足に陥っているそうだ。

重臣たちが補佐に素早く指示をし、女性はそのまま診療所へと運ばれた。歩くのもおぼつかないその後ろ姿をしばらく見つめていたツィツィーだったが、重臣たちに呼ばれ、すぐに馬車の用意をしているという広場へ向かう。

「ささ、ツィツィー妃殿下。足元にお気をつけて」

「は、はい……」

ラシー王宮が手配した瀟洒な馬車を前に、ツィツィーは少しだけ緊張していた。

ヴェルシアの馬車のような箱型ではなく、通気性を重視した屋根と柱だけの座席。柱の間には強い日差しを避けるための薄布が下げられている。おまけに歓迎の気持ちからか、馬の背中や座席の足元に至るまで、ラシー特有の極彩色の花が溢れんばかりに飾られていた。

王都に向けて出立したところで、ツィツィーはぼんやりと思考を巡らせる。

（さっきの方、大丈夫でしょうか？　なんだか、嫌な感じがします……）

ただならぬ不安を覚えながら、ツィツィーはゆっくりと通り過ぎて行く故国の景色を見つめた。たった一年離れていただけなのに、どことなく違った印象を受けるのは何故だろうか――。


やがて日が真上に昇る頃、二人を乗せた馬車はようやくラシーの王都へと到着した。

だが王宮が近づくにつれ、ツィツィーは膝に置いていた手をぎゅっと握りしめる。

（またここに、戻ってきたのね……）

言い表せぬ憂惧で、自然と呼吸が浅くなった。

しかし前回ひとりぼっちで帰国した時とは違い、今は隣にガイゼルがいる。

なんとか心を落ち着かせようとそっと息を吐き出す——すると、かすかに震えていたツィツィーの手に、ガイゼルの大きな手のひらが重なった。

（ガイゼル様……）

ツィツィーが弾かれるように顔を上げると、こちらを見ていたガイゼルもまた無言で目を細める。たったそれだけのことなのに——ツィツィーは一気に勇気が湧いてきて、感謝を伝えるように笑みを返した。

王宮の門をくぐって馬車を下りると、多くの人々がツィツィーたちを出迎えてくれた。その中にはかつて、つまはじきにされていた末姫を蔑視していた者の姿もあり、ツィツィーは平静を保つべくこくりと息を呑む。

歩きながら件の女中・ニーナを捜したが、どうやらこの場にはいないようだ。

「まずは我が国王の元へご案内いたします」

待機していた大臣が先導するのは、均一な太い柱が続く美しい白亜の回廊。かつて中庭で咲き誇っていた鮮やかな朱色の花は、何故か一つの蕾も持たず——溜め池の蓮も同様で、心なしか水位も低くなっているようだ。

（池が涸れかけている？　この暑さと日照りのせいかしら……）

どことなく物寂しさを感じながら、ツィツィーはしずしずと歩いていく。やがて大きな扉の前に到着すると、大臣が恭しくお辞儀をした。

「まもなくラシー王が参ります」

両開きの扉が開かれ、ツィツィーたちは謁見の間へと足を踏み入れる。

王宮の中で最も広く、贅を尽くした空間とされているそこは、ヴェルシアの様式とはまた別の威厳と誇りに彩られていた。

床は黒地に白の縞が入った大理石。壁には鮮やかな朱塗りが施され、窓枠や柱は金泥で装飾されている。中央には赤地に金で刺繍を施した織物が敷かれ、その先にある玉座まで真っ直ぐに延びていた。

ちかちかと目もくらむような設えを見た瞬間、ツィツィーはかつてこの場所で『ヴェルシアに行け』と冷たく命じられたことを思い出す。

（ここでお父様から言い渡されて、私は……）

ツィツィーにとって、父親は絶対に逆らうことを許されない相手だ。あの時も『お前はラシーには不要だ』と言われているかのようで、自らの情けなさにろくに顔を上げることも出来なかった。

途端に恐怖が甦り、足が止まりかける。するとそれをフォローするかのように、ガイゼルが軽くツィツィーの手を取った。その瞬間――ツィツィーは以前この場所で、ガイゼルに救ってもらったことを思い出す。

（そうだ……ガイゼル様はたった一人で、私をここまで迎えに来てくれて……）

大混乱する王宮から、訳も分からないまま連れ出されて、そのままお互いの気持ちを伝え合った——当時を思い出したツィツィーの心はふんわりと温かくなり、そっとガイゼルの手を握り返す。

「大丈夫だ。俺がついている」

「……はい」

ガイゼルの優しい言葉を受け、ツィツィーはゆっくりと息を吐き出した。やがて奥の扉から父王とその妃である母、そして今回の主役の長姉が姿を現す。

「これはこれはガイゼル陛下！　遠路はるばる、ようこそラシーに。まさか陛下にまでお越しいただけるとは望外の慶びでございます」

「皇妃宛てに招待があったと聞いてな。どうやら俺の意向が伝わっていないと知り、一度きちんと話をつけたいと考えていた」

『もとよりツィツィーだけを呼びつけようとした姑息な奴が、よくこんなにも堂々としていられるものだ。どうやらよほど面の皮が厚いらしい』

（ガイゼル様……生の声も『心の声』もどちらも怖いのですが……）

父王は一瞬ぎくりとした表情を見せたものの、すぐにおもねるような笑みを浮かべた。どうやらガイゼルが親臨してくれたことにたいそう安堵かつ感激しているらしく、今まで聞いたことがないほど弾んだ声だ。

「こちらは妻のルチア、そしてこの度挙式を控えている長女のリナです」

後ろにいた二人がそっと頭を下げる。優雅なドレス姿に、ラシーでも特に美しいとされる鮮烈な赤い髪。ただし共に俯きがちで、さらに扇で顔の半分を隠しているため、その表情は分からない。

「しかし、ヴェルシアの皇帝陛下直々にご臨席賜れますとは。大変な栄誉だと、娘もとても喜んでおります」

「勘違いするな。俺はあくまでも、妻の同行者としてここにいる。感謝をするのであれば、我が皇妃の人徳に対してだろう」

その言葉に父親と——先程まで身じろぎ一つしていなかった母と姉が、さっとこちらを見たのが分かった。思わずこくりと息を呑んだツィツィーだったが、父親から意外なまでに穏やかな言葉をかけられる。

「もちろんでございます。ツィツィー、いえツィツィー妃殿下。此度の訪問、心より感謝申し上げます。……久々にお前の顔を見ることが出来て、わたしも妻も喜んでいるよ」

「は、はい……」

「今宵は式の前祝いとして、近隣諸国の客人も招いた盛大な宴の席をご用意してあります。どうぞそれまで、ゆっくりと旅の疲れを癒やしていただければと」

こうして緊張の解けぬまま挨拶は終了し、ツィツィーたちは謁見の間をあとにした。

そのまま重臣たちからどうぞどうぞと客室に案内される。

「ラシーにおられる間は、こちらの部屋でお過ごしください。ご入用のものがあればなんなりと」

「ああ」

「ありがとうございます」

先にガイゼルが部屋へと入り、ツィツィーもそれに続こうとした――が、ふと強い視線が己に向けられているのに気づき、慌てて後ろを振り返る。

(お姉様……)

向かいの回廊の柱にもたれるように、残る二人の姉たちの姿があった。

黒に近いほどの深紅の髪が次女のナターシャ。淡い赤色の髪をしているのが三女のメイアだ。長女のリナを含め、皆ラシーの民にふさわしい見事な赤毛なのだが、それぞれ絶妙に色合いが異なっている。

二人はツィツィーがこちらに気づいたと分かると、ふっと小馬鹿にした笑みを浮かべてその場を立ち去った。たまらず心臓がきゅうと締めつけられる――

「ツィツィー。大丈夫か」

「ガイゼル様……」

ツィツィーは大丈夫ですと微笑むと、すぐに踵を返して客室へと入る。

中には女中が数名待機しており、先頭にいた年かさの女性が恭しく頭を下げた。

「こちらでの滞在の間、お世話をさせていただきます。何かありましたら、いつでもおっしゃってくださいませ」

「はい。ありがとうございます」

「おもてなしの支度が整うまで、どうぞごゆるりとおくつろぎください。また、国王陛下から贈り物として、来賓の皆様にラシーの伝統衣装をご用意しております。差し支えなければ、今宵の宴で袖を通していただけますと幸いです」

「伝統衣装、ですか……」

にこにこと得意げな女中に応対しつつ、ツィツィーはこっそりニーナを捜す。だが世話役として集められた大勢の中にも、その姿はない。

女中たちが退室したあと、竹で出来たソファに二人はようやく腰を落ち着ける。途端にどっと疲れが押し寄せてきて、ツィツィーはしょんぼりと謝罪した。

「すみません、ガイゼル様」

「何故謝る」

「いえ、私の方がご案内するべき立場なのに、助けていただいてばかりで……」

するとガイゼルはしゅんと俯くツィツィーの頭に、ぽんと片手を置いた。そのままよしよしと子どものように優しく撫でられ、ツィツィーは照れたように顔を上げる。

「気にするな。お前はただ、俺の妻として堂々としていればいい」

「ガイゼル様……」

有無を言わさぬその言葉が、なんだか無性に嬉しくて――ツィツィーはつい口元をほころばせる。やがてガイゼルが、ふうむと長い足を組んだ。

「それより、お前が捜しているニーナとやらはいたか？」

「い、いいえ。もう王宮にはいないのかもしれません……」

「そうか。やはりヴァンに言って、別口で捜させよう」

そう言うとガイゼルはヴァンを呼びつけ、すぐに指示を出した。自分のためにここまでしてもらって申し訳ないと思う一方、ニーナに会えるかもしれないという期待でツィツィーの胸は自然と高鳴っていく。

すると突然、客室の入り口につけられた鐘が鳴った。廊下側にある紐を引いて、訪問を伝えるラシー特有の呼び鈴だ。貴族の邸でも常用されている。

ガイゼルが短く応じると、先刻の重臣たちが再びへこへこと姿を現した。

「度々失礼いたします、ガイゼル陛下。我々の王が、宴の前に少しお話をと申しておりまして……」

「今回は政治的な訪問ではないと言ったはずだが？」

「それは重々承知の上でございます。ですのであくまでも、雑談ということで……」

いくらガイゼルが線を引いたところでやはり国の長たるもの、どうにか大国の皇帝と良好な関係を保ちたいのが人情というものだろう。ガイゼルもある程度は予想していたのか、煩わしそうな顔つきで立ち上がる。

「ツィツィー。悪いが少し留守にする。お前はここで体を休めておけ」

「で、ですが陛下もお疲れなのでは……」

「問題ない。むしろいい機会だ。あの父王とやらに、軽く圧でもかけておいてやる」

『本音を言えば、今すぐツィツィーの前に跪かせて、重ねてきた仕打ちを平身低頭謝罪させたいくらいだがな。さすがに俺がそこまでするのはツィツィーも快く思わんだろう。まあ、何を考えてツィツィーをヴェルシアに寄こしたのか、尋ねる程度にとどめてやるか。……ふっ、俺の目を見てまともに説明出来るといいがな……』

（じょ、冗談ですよね？）

もしやこっちが主目的だったのではないかと思う程、ガイゼルはどす黒い感情を抱いたまま客室から出て行った。若干の不安を覚えるツィツィーに、ラシーの女中たちが声をかける。

「ツィツィー妃殿下、もしよろしければ先に衣装をご覧になりませんか？　合わせる髪飾りや靴のご用意もありますので、お付きの方もぜひご一緒に」

「そう……ですね。宴まで、それほど時間もないですし……」

案内されるまま隣室に移動する。

そこに置かれていた二対の衣装を見て、ツィツィーは嘆息を漏らした。

「わあ……！」

一着は繊細な手編みのレースを胸元にあしらった、淡紅色のドレス。

涼しげな薄手の生地で出来ており、両肩をしっかり出す代わりに、腕はたっぷりとした袖で覆うラシー独自のスタイルだ。さらに腰にあたる箇所には、ヴェルシアの国章が入った赤色の帯が巻かれていた。

もう一着はおそらくガイゼルの衣装だろう——詰襟の白い上下に、銀で刺繍を施した深い藍色のゆったりとした上着がコーディネートされていた。祭事などでラシーの男性が着用する、正式な伝統衣装だ。

「今夜の宴は、ぜひ皆様にラシーの文化を楽しんでいただきたいと」

「あ、ありがとうございます……」

ラシーにいた時は、あらゆる国儀から遠ざけられていたので、こんな立派なドレスなど見たこともなかった。ツィツィーは感慨にふけりながら、恐る恐るその袖に触れる。すべすべとした心地よい肌触りで、本当に最高級の生地であると分かった。

（あのお父様が……こんな素敵なドレスを用意してくださるなんて……）

同時に、ガイゼルがこの国の衣装をまとっている姿を想像してしまい、ぽっと頰を赤らめる。普段の外套姿も素敵だが、きっとラシーの衣装も着こなしてしまうだろう。

（なんだか……すごく楽しみです）

式に呼ばなかったことを怒っているに違いない、という出立前の不安をよそに、父はツィツィーたちの訪問を心から喜んでくれているようだ。もちろんガイゼルが一緒であるがゆえなのだろうが……それでもツィツィーの心は少しだけ救われる。

そうして衣装の確認を終え居間に戻ってきたツィツィーに、年かさの女中が再び声をかけた。

「ツィツィー妃殿下。久方ぶりのご帰国ですし、ルチア王妃様と過ごされてはいかがでしょう？　ガイゼル陛下も懇親に向かわれていることですし、きっと王妃様もお喜びになられるかと」

（お母様……）

その名前を耳にした途端、ツィツィーは息苦しさを感じた。おそらくここにいる女中たちは二人の関係を知らないのだろう。それは名案ですねとばかりに、期待に満ちた眼差しを向けてくる。

だが娘の里帰りを歓迎する母親――などという微笑ましい光景は、ツィツィーにはとても想像できなかった。

（ですが今の私なら……少しはお母様にも認めていただけるかもしれません）

無事に結婚式も終わり、正式なヴェルシア皇妃となった。立場が変わったことで、以前とは違った態度を見せてくれるかもしれない。

（大丈夫。ほんの少し、お話をするだけ――）


リジーや女中たちには「二人だけで話をしたい」と別室で待機してもらい、ツィツィーはひとり母親の居室の前に立った。王妃付きの侍女にもあらかじめ話が通っているらしく、扉の傍は人払いされている。

冷たくなる指先をきゅっと握り込み、ツィツィーは慎重に声をかけた。

「お母様、ツィツィーです」

「……」

返事はない。

予想していたとはいえ、ツィツィーの胸はずきりと痛む。

（仕方ないわ……お母様は私の力がお嫌いなのだし……）

そもそもツィツィーが母親の『心の声』に答えてしまったことから、塔への隔離が始まったのだ。おかげで姉たちには能力のことを知られずにすんだが……代わりにラシー王族らしからぬ容姿を持つツィツィーへのあたりは、いっそう酷くなった。

能力が衰えつつある今のツィツィーであれば、きっと母親を前にしても心の声が聞こえてくることはないだろう。だがそれを伝えたところで、信じてもらえるだろうか――ツィツィーは閉め切られた扉の前で、ぽつりぽつりと口にする。

「今日からしばらく、お世話になります」

「……」

「相変わらず、ラシーは暑くて驚きました。お姉様たちも、お変わりないみたいで……」

まるで壁と話しているような虚無感に、ツィツィーの喉奥に苦いものが込み上げた。このままではだめだと、扉に手をかけたものの――途端に動悸がして、ぐっと息を呑む。

――「絶対に……メ。絶対に……を開けては……」

（……？）

何かがツィツィーの脳裏をかすめ、すぐにかき消えた。

必死に記憶を手繰ろうとしたツィツィーだったが、扉を押し開く勇気はなく――そのまま俯くと、そろそろと腕を下ろす。

「……それでは、失礼いたします」

「……」

吸い込むだけで疲弊しそうな重苦しい空気の中、ツィツィーはなんとかそれだけを伝えると、そっと部屋をあとにした。

(やっぱり、まだ……)

客室に戻ったツィツィーは、ふうと息を吐き出しながらソファへと座り込んだ。リジーが飲み物を差し出しながら、不安そうな表情を見せる。

「妃殿下、大丈夫ですか?」

「え?」

「随分お疲れのようですが……。陛下もまだ戻られないようですし、夜会まで間もありますから、少しお休みになられますか?」

わずかに逡巡したツィツィーだったが、ありがたくリジーの気遣いを受けることにした。用意されていた簡素な夜着に着替えると、奥の部屋にあるベッドに腰かける。

「それではお時間になりましたら、またお声がけいたしますね」

「ええ。ありがとう、リジー」

扉がぱたんと閉められたのを確認し、ツィツィーは横向きになってぽすんと枕に頭を投げ出した。長い船旅の疲れはもちろんのこと、王宮に入ってからも緊張の連続だ。

そして——今も変わることはないと思い知らされた、母との関係。

とっくの昔に諦めていたはずなのに。

どうして今なお、こんなに胸が痛むのか。

（お母様……私は……）

鼻の奥がつんと痛み、知らず溢れた涙が眦からベッドへと落ちた。

浮かんでくる思考が、泡沫のように次々と消えていく。

ツィツィーは自分でも気づかぬほど早く、眠りの世界へと落ちていった。


『……んって、可愛いんだ……』

（……ん……）

わずかに聞こえた囁きに、ツィツィーの意識はようやく現世と結びついた。

だが瞼は「まだ眠りたい」と強固な主張を続けており、ツィツィーもまたそれに抗うことなく、再び全身の力を抜く。すると夢うつつの中、感動を噛みしめるような『心の声』が降ってきた。

『これはしたくもない会談を終えてきた俺への褒美か……まさかベッドに天使が寝ているなんて……』

（てん、し……？）

『白い頬に流れる髪の毛の、一本一本まで計算され尽くしたような美しさ……。閉じていると、その睫毛がいかに長いかはっきりと分かる。形のいい鼻も薔薇色の唇も、神が贔肩しなければここまで端整には作れまい。もはや世界一の美術品と言っても過言ではない……』

（……びじゅつ、ひん？）

『普段のドレス姿も愛らしいが、ラシー特有の衣装というのもこう……新鮮な感情を呼び起こしてくれるものだ。まあ平たく言うと、可愛い——結局ただそれだけに尽きるんだが……。帰国前にいくつか店を回って仕立てさせておくか。やはり故国の衣装というものは、何かと思い入れがあるのだろうし……』

そこでツィツィーはようやく、すぐ傍にガイゼルが座っていることを察した。だがここで突然起き上がるのも気後れして、なんとか立ち去ってくれることを祈って寝たふりを続ける。

しかしそんな思いとは裏腹に、ガイゼルの称賛はとどまるところを知らない。

『本当によく寝ているな……。……キス、してみるか？　いやさすがに起こしてしまうだろう。だがここまで熟睡していればあるいは……。バレたら怒られるか？　まあバレないだろう。バレない。全俺が大丈夫だと言っている。もはやバレても構わん。ああ……眠り姫を起こす王子の気持ちとは、こんなにも胸躍るものだったのか——』

「おっ、おはようございます！　ガイゼル様っ！」

ついに根負けしたツィツィーは、もはや不自然などという些末な問題を放棄して、勢いよく起き上がった。その様子にガイゼルはしばし目をぱちくりしていたが、すぐに微笑むと乱れたツィツィーの髪を整えてくれる。

「少しは休めたか？」

「は、はい！　それはもう、十分に」

「ならいいが」

心の中の饒舌さとは裏腹に、冷静で落ち着いた態度を示すガイゼルのギャップに、ツィツィーは改めてドキドキしてしまう。やがてガイゼルはするりとツィツィーの頬に手を滑らせ、くいと親指で眦をなぞった。

「……泣いていたのか？」

「え？」

「涙の痕がある」

突然の指摘に、ツィツィーはこくりと息を呑む。

だが実の母に厭われているとは口に出来ず、ごまかすように微笑んだ。

「少し疲れていて……そのせいだと思います」

「……」

やがてにわかにあたりが騒がしくなり、二人は寝室から居間へと移動した。

するとラシーの女中が、蒼白な顔をして駆け込んでくる。

「も、申し訳ありません！　宴のお支度、もう少々お待ちいただけますか？」

「それは構いませんが……何かあったのですか？」

「それが、その……。ツィツィー妃殿下のお衣装が……」

もごもごと口ごもる女中の様子に、ガイゼルが早く言えと促す。

「さ、先程お目にかけたあと、汚してはいけないからと早めに更衣室にお運びしたのですが、そこで……」

焦燥する女中の先導で、ツィツィーとガイゼルは王宮の一角にある更衣室へと向かった。そこに置かれていたのは先程まで絢爛に輝いていた衣装——だが、ツィツィーの着るドレスだけが無残に切り刻まれている。

「これは……」

「ほ、本当に、申し訳ございません!!　わたしどもが来た時には、すでにこのような状態で……」

ショックが隠せないツィツィーに代わり、ガイゼルが女中に尋ねる。

「お前たち以外に、中に入った者は？」

「こ、ここは王族の方たちの更衣室ですので、誰彼構わず容易に使うことは出来ません……。ですがおそらく、最後に入られたのは、その……」

「言え。誰だ」

「……メイア王女殿下です……。宴の際に身に着ける首飾りが、気に入らないとおっしゃられて……ご自分で探すからと、鍵を……」

すぐさま身を翻したガイゼルの腕を、ツィツィーは慌てて摑んだ。

「ま、待ってください！」

「離せ。今からそいつのところに行ってくる」

「た、単なる偶然かもしれません！　外部から誰か侵入したのかも……」

「見たところ、窓は開かないよう内側から固定されているし、荒らされた形跡もない」

「で、ですが……」

もちろんツィツィーとしても、どうしてこんなことを、と嘆きたい気持ちはあった。

だが本当にメイアがやったという確証もないし、何より――ツィツィーの世話を任された女中たちが、管理不行き届きとして何がしかの罰を下されるのではないか……と恐れたのだ。

「私なら大丈夫です。何着かドレスも持ってきていますし」

「しかし」

「ガイゼル様の衣装が無事で、それだけでも良かったです」

えへへとはにかむツィツィーを前に、ガイゼルはばっさりと言い切った。

「俺は着ないぞ」

「えっ⁉」

「お前の衣装がこんな有様なのに、俺だけ着るわけがないだろう」

「で、ですが、せっかくのお父様の心遣いですし」

「知らん。俺は奴の機嫌を取りに来たわけではない」

頑として突っぱねるガイゼルに、ツィツィーはいよいよ打つ手を無くしてしまった。

（陛下が私に合わせてくださるのは嬉しいのですが……私たちだけが別の衣装を着ていたら、角が立つに決まっています……）

伝統衣装は他の来賓にも用意されているようだった。そんな中、ツィツィーとガイゼルの二人だけがヴェルシアの装いで赴けば、あらぬ誤解を生むかもしれない。だがツィツィーの持ってきたドレスの中にラシー風のものはなかった。

（いったい、どうしたら……）

沈黙してしまった両者を前に、女中はただおろおろと視線を泳がせるばかり。

すると遅れて更衣室に来たリジーが、恐る恐る声を出した。

「妃殿下……少し、よろしいでしょうか？」

「リジー。どうかしたの？」

「その、お伝えするのが遅くなってしまったのですが……」

困惑した様子でリジーの話を聞き始めたツィツィーは、やがてみるみる頬を紅潮させた。

ガイゼルも同じく強張っていた表情を崩すと、ツィツィーに向けて微笑みかける。

「――いいだろう。それなら俺も、この余興に付き合ってやる」

「はい！」

思いがけなくもたらされた解決策に、ツィツィーは満面の笑みを零した。


そして夜の宴が始まった。

王宮の中庭と回廊には美しい行燈がいくつも飾られており、楮で出来た薄い紙の奥から蝋燭の淡い光がぼんやりと漏れている。

食事を提供する一角もあり、もち米に豚の角煮を混ぜ、笹の葉で巻いて蒸したものや、香辛料とココナッツミルクで煮込んだ魚介類など、ラシーの食文化を代表する料理がずらりと並び、食欲をそそる香りを漂わせていた。

そんな中、淡い黄色のドレスをまとった三女・メイアが、うきうきとした表情で会場へと現れる。参加している男性客の顔と身分を細かくチェックしつつ、次女・ナターシャのもとにスキップで近づいた。

「おっ、ねえ、さまっ！　ねえ、いい方いましたあ？」

「メイア……だからくっつくのやめなさいって」

長い髪を高い位置で一つに結び、腕にぴったりと添(そ)うような袖の黒いドレスを着たナターシャは、べたべたと抱(だ)きつく妹を一喝(いっかつ)した。はぁーいとまったく反省の色を示さないまま、メイアは楽しそうに微笑む。

「今日の来賓の数、すごいですよねぇ。やっぱり、ヴェルシアって偉(えら)いんだあ」

「当たり前でしょ。そうじゃなくても顔出しとかないと、何されるか分かんないし」

豊かな海と多くの島々を有するとはいえ、ラシーはしょせん弱小国家だ。次期元首(じきげんしゅ)である長女の結婚(けっこん)を理由に宴を開いても、大した規模にはならないだろう。

おまけにヴェルシアで行われた末女(まつじょ)の結婚式に、王族ではなく名代が参加したという事実が広まっており——はたして二国の関係は如何(いか)に、と遠巻きに様子見されている状態だ。

だがヴェルシアの皇帝ガイゼル・ヴェルシアが、輿入(こしい)れしたその末姫ツィツィーと共に来訪すると発表した途端、猛烈(もうれつ)な数の『出席』の返事が届いたのである。

案の定、普段はめったに顔を見ることのない他国の王族や貴族階級の人々が参加しており、メイアはふふんと人差し指を立てた。

「でもこれは素敵なお相手を見つけるチャンスですよ！　お姉様いつも『早く結婚したい』って言ってますもんね」

「それはまあ……そういうアンタはどうなのよ」

「うーん、わたしはまだ結婚はいいっていうかぁ。とりあえず彼氏(かれし)が欲(ほ)しいなって」

相変わらずふわふわとくらげのような挙措のメイアを見て、ナターシャは呆れたように額を押さえた。

「ま、どうでもいいけど。それより、更衣室がすごい騒ぎになってたの……アレ、アンタの仕業でしょ」

「何のことか分かんなぁい」

「ツィツィーがガイゼル陛下とやってくるって聞いた時、アンタ不満そうだったじゃない」

　ナターシャの意地悪な笑みに答えるように、メイアはにいと目を細めた。

「だってぇ、あーんな素敵な旦那様に見初められるなんて……。ツィツィーのくせに、分不相応だと思いません？」

「それはまあ……」

「だから、ちょーっと、分からせてあげただけですぅ」

　去年『若きヴェルシア皇帝の妻になるには、荷が勝ちすぎた』と自ら出戻ったツィツィーを見て「当たり前だわ」とメイアはほくそ笑んだ。

　しかしどうやら行き違いがあったらしく、単身馬を駆ってツィツィーを迎えに来たガイゼルの美貌を見た瞬間、メイアの心には大きな嫉妬が生まれたものだ。

（どんな手を使ったか知らないけど……ガイゼル様だって、あの子がこの国で爪弾き者だったことを知ればきっと幻滅するわ！）

四姉妹で唯一、赤い髪も目も持たない忌み子。

最初は単に避けていただけだったのが、母親が突然あの子だけを王宮の外に住まわせると言い出してから、いっそう自分たちの行動は『正義』となった。

きっと母親も、あの気持ち悪い見た目が気に入らなかったのだろう。

「大丈夫ですよぉ。どうせあの皇帝様から、素敵なドレスをいっぱい作ってもらっているでしょうし？」

「……アンタ、可愛い顔して悪魔みたいね」

「何がですかぁ？」

「あの子だけ周りから浮かせて、評判落としたかったんでしょ」

来賓が皆、ラシー王家が用意した伝統衣装を身に着けている中、ツィツィーだけがヴェルシアの装いで現れる。それを目にした者たちは、母国の心尽くしを無下にする皇妃の傲慢さに驚き呆れるに違いない。気の弱いツィツィーのこと、そんな視線に曝されるだけでひとたまりもないだろう。

困惑するツィツィーの様子を想像したメイアは、満足げに口角を上げる。

（せいぜい、みっともなく恥をかけばいいのよ）

すると会場の入り口付近で、ひと際大きな声が上がった。

いよいよ来たわとメイアは姉の腕を引いて、悪目立ちする末妹を見に行きましょうと急き立てる。だが人ごみをかき分け、中心にいる皇帝夫妻を見つけた瞬間、メイアはぐっと目を見張った。

（何よ……あのドレス⁉）

そこにいたのは白い礼装をまとい、上品な藍色の上着を羽織ったガイゼル陛下。

そしてその隣には――ラシー伝統の美しいドレス姿のツィツィーが立っていた。

四方八方から浴びせられる視線に緊張しながらも、ツィツィーは穏やかに微笑みを浮かべた。ヴェルシアに行ってからお披露目会、観月の宴、結婚式とあれだけ人前に出る機会があれば、さすがにそろそろ場慣れもするというものだ。

気丈に顔を上げるツィツィーをリードしながら、ガイゼルがそっと囁く。

「問題ないか？」

「はい。……エレナには、本当に感謝しなければいけませんね」

喜びを噛みしめるように、ツィツィーはそっと右腕を上げる。すると繊細なドレープが滑らかに零れ落ち、白い絹布の合間からキラキラとした青紫のオーガンジーが覗いた。

ドレスの胴体部分も同じように二種類の生地を重ねたものになっており、こちらは青紫だけではなく、青や水色、紺色など絶妙に色合いを変えたものが使われている。

複数の異なる布を組み合わせるヴェルシア最先端のドレスの手法――だがそのデザインは、間違いなくラシーの伝統を順守したものだ。

ツィツィーはその素晴らしさを確かめながら、数時間前のことを思い出す。


――リジーが取り出したのは、ラシーの伝統を模したドレスだった。

とはいえ細部はヴェルシアの流行に合わせてすっきりと微調整されており、まさにヴェルシア皇族がラシーを訪問するのにふさわしい逸品である。

「これを……エレナが？」

「はい。なんでも兄のルカ様から、妃殿下がラシーに帰国なさると聞いたらしく……『皇妃殿下が故国に戻られるのであれば、とびきりのお召し物をご用意しなければ！』と即座に取りかかったそうで」

どうやらエレナは、ラシー古来の衣装についても学んでいたらしい。そのため『ラシーの伝統を踏襲しつつ、ヴェルシア皇妃としての威厳を保ったドレスにしよう』と思い至ったそうだ。

実際はこれを口実に『ツィツィーに新しくて可愛いドレスを着せたい』というエレナの私欲が大部分を占めていたのだが――。

「で、でも大丈夫だったのでしょうか？『Ciel・Etoile』のお仕事も忙しいのに」

「ルカ様によると『二徹すればいけます！』と目を爛々とさせておられたと」

「に、二徹……」

「用意されたお衣装がありましたので、ご披露する機会はないかもと思っておりましたが……念のために持ってきておいて正解でした」

紅地に銀で『Ciel・Etoile』と書かれた箱を開けると、美しい白絹の輝きと一枚のカードが目に飛び込んできた。そこにはエレナの字で『素敵な旅になるよう、遠くヴェルシアよりお祈りしております』と書かれている。

「エレナ……」

それを見たツィツィーはたまらず真珠のような嬉し涙を零すのであった。

「国に戻ったら、エレナに恩賞を与えねばな」

「はい。私もたくさんお礼を――」

だがにこやかに話すツィツィーとガイゼルのもとに、三女・メイアが姿を見せた。可愛らしく小首を傾げながら、ツィツィーのドレスを上から下までじいっと値踏みする。

「こんばんはガイゼル陛下。ツィツィー、久しぶりね」

「メイアお姉様……」

「ところでそのドレス、誰が用意したのかしら？　お父様が手配されたものとは、違うようですけれどぉ」

いきなり意地の悪い質問をされ、ツィツィーは一瞬言葉に詰まった。だがここでひるんではならないと、微笑を浮かべたまま朗らかに答える。

「実は、ヴェルシアが誇るデザイナーに作ってもらったドレスでして」

するとそこへ、会話を耳にした他国の貴婦人たちがあらあらと目を輝かせる。

「まあ素敵。デザインはラシーのものですのに、シルエットが全然違いますのね」

「こんなに美しい生地も初めて見ますわ。これもすべてヴェルシアの？」

「はい。もちろん、用意していただいた衣装もとても素敵だったのですが、このドレスを着ることでより二国の関係が良きものになればと思いまして」

ツィツィーのその言葉通り、ラシーの伝統とヴェルシアの技術が調和したそのドレスは、まさに両国の絆を象徴するような見事な品だった。

流行に敏感な女性陣が『デザイナーのお名前は？』『どこに行ったら手に入るのかしら』と興味津々にツィツィーを取り囲む光景に、メイアはぎりっと奥歯を噛みしめる。

そんな妹の姿に、喧騒から逃れるように立っていたナターシャが失笑した。

「まんまとしてやられたわね」

「お姉様ぁ～……」

「見た目で勝負しようなんて甘いのよ。いいから私に任せておきなさい」

不満げなメイアをよそに、ナターシャは獲物を狙う蛇のように目を細めた。

ドレスを一目見たいと集まってきた淑女たち一人一人に丁寧に応対し、ついでにさりげなく『Ciel・Etoile』の宣伝もしたツィツィーは、ようやくふうと息を吐き出した。

そんなツィツィーのもとに、今度はグラスを手にしたナターシャが歩み寄る。

「こんばんは、ガイゼル陛下。ツィツィー妃殿下」

「ナターシャお姉様……」

「ヴェルシアの皇妃殿下ともなると大変ね。……でも綺麗に着飾るだけじゃ、皇妃としての役目は果たせないんじゃないかしら」

隣に立っていたガイゼルのぴりっとした怒りを『受心』し、ツィツィーはすぐに彼の上着の端を摑んだ。ナターシャはそんな己の危機にも気づかず、得意げに語り続ける。

「人の上に立つ者は、それなりの知識と教養が必要よ。例えば――」

そう言うとナターシャは、三年前に編纂された経済学の書目を上げ、鼻高々に解説し始めた。すると専門的な単語に反応したのか、近くにいた眼鏡の男性がそわそわと近づいてくる。

「やあ、何やら興味深いことを話しておられますね。大変博識な方のようだ」

「まあ、それほどでも」

さらに説明を続けたあと、まんざらではない表情を浮かべるナターシャに、眼鏡の男性は「では」と問いを投げかける。

「先日発表された、エディンバル産穀物の輸出解禁についてはいかにお考えで？」

「……え？」

ナターシャは目をしばたたかせた。

だがすぐに笑みを浮かべると、ちらりとツィツィーの方を向く。

「それでしたら、私よりも妹の方が詳しいと思いますわ。なんといっても、ヴェルシアの皇妃ですもの」

「おおっ！　あなたが噂の」

「ねえツィツィー。このくらい簡単よね？」

突然話を振られたツィツィーは、こくりと息を呑み込む。

（大丈夫……落ち着いて）

そうしてすぐに睫毛を上げると、ふわりとした笑みを浮かべた。

「そう……ですね。あくまでも、私個人の考えに過ぎないのですが……」

謙虚な前置きを述べたあと、ツィツィーはエディンバルの経済状況に対する独自の見解を、まさに立て板に水のごとく語り始めた。ヴェルシアからの視点に始まり、大陸全体の市場に与える影響、国内農業の保護の如何、外交手続きによる関税率の見直しも急務だと、理路整然と続けていく。

その途中、力強く拳を握った教育係が「パーフェクトです！」と喜んでいる姿が脳裏をよぎり——膨大で難解な皇妃としての教養を根気よく、じっくりと叩き込んでくれた彼に、ツィツィーは心から感謝した。

「——といった点から、より慎重に推移を見守る必要があると考えられます」

「……驚きました。ぼくの意見とほぼ同じです。さすがヴェルシアの皇妃殿下、素晴らしい考察でした」

「と、とんでもありません！　ですが光栄です。まさかレインガー教授にこのような場でお会いできるだなんて」

「今ちょうど、隣国の大学で教鞭を執っておりましてね。まあ数合わせで呼ばれただけです。……しかし驚きました、よくぼくのことをご存じでしたね」

「教授の叔母様が、ヴェルシア帝都で慈善活動をされていますよね。以前そちらを訪問した際、姿絵を拝見する機会がありまして」

「それだけで覚えていてくださったんですか！　いやあ、感激です」

「ツィ、ツィツィー⁉　一体何の話をしているのよ」

あっという間に親しくなっていく二人を見て、ナターシャがたまらず割って入る。ツィツィーはすみませんと一声添えたあと、そっと眼鏡の男性を紹介した。

「こちらは経済学の権威である、イスタ・レインガー教授です。先程お姉様がお話ししてくださった本を著した方で」

「はじめまして。いやあ、こんな綺麗な女性が読んでくださっていたなんて嬉しいなあ」

「イ、イスタ、レインガー教授……!?」

得意げに語って聞かせた相手が、まさかその本を書いた本人だとは。ツィツィーをやり込めるつもりが、逆に自らの無知を曝け出してしまった形になり、ナターシャは真っ赤になってその場から逃げ出す。

レインガー教授に挨拶を終え、ほっと胸を撫で下ろすツィツィーを見て、それまでずっと静観していたガイゼルがふっと自慢げに口角を上げた。

「困ったら助け舟を出そうかと思っていたが、無用な心配だったようだな」

「あ、ありがとうございます！　本当に、先生のおかげです……」

ラシーにいた頃の自分であれば、きっとドレスのことも、経済のことも何一つ対応できなかっただろう。ヴェルシアで出会った多くの人に感謝しつつ、ツィツィーは嬉しそうにはにかんだ。

色々な邪魔が入ってしまったが、二人はようやく本日の主役である長女・リナが待つ上座へと向かう。ひと際豪華に飾りつけられたテーブルの傍には、父王とリナの他におそらく婚約者であろう男性が立っていた。

ナターシャよりもさらに黒に近い赤髪。細く涼やかな目元の片方には、小さな泣きぼくろがあった。黒い正装に白い上着をまとい、豪奢な金の首飾りを下げている。

「リナお姉様。この度はご結婚、おめでとうございます」

「ええ、ありがとう」

一方リナは、膝丈ほどでタイトな赤のドレスを着こなしていた。胸から腕にかけてゆったりと繋がった形の袖には、たくさんのガーネットが縫いとめられている。

その勝気な瞳を細めると、リナはガイゼルに向けて妖艶に微笑みかけた。

「ガイゼル皇帝陛下も。ご足労くださり感謝いたしますわ」

「ああ」

短く応じるだけのガイゼルを、リナはさらに興味深く見つめ続ける。

すると隣にいた泣きぼくろの男性が、おいおいと苦笑した。

「そろそろ僕も自己紹介したいんだが。申し遅れました、僕はベルナルド・ウェラー。リナの婚約者です」

「ガイゼル・ヴェルシアだ。こちらは妻のツィツィー」

「おお、こちらが噂の」

『噂？　どんな噂だ。くだらん噂だったら今すぐ叩き斬――』

「よ、よろしくお願いします、ベルナルド様！」

再びガイゼルの上着を掴みながら、ツィツィーは慌ただしく礼をする。そんな二人の様子を微笑ましく見ていたベルナルドは、隣に立つリナの腰にそっと手を回した。

「噂通り、本当に仲睦まじくておられるのですね。これは僕たちも負けていられないな、リナ」

「まあベルナルド、わたくしたちの愛に勝てるはずないでしょう？」

リナもまたベルナルドの顎に手を添えると、するりと焦らすように撫で上げる。なんだか大人なやりとりを見せつけられてしまい、ツィツィーはたまらず赤面した。

やがてベルナルドはガイゼルの前に歩み寄ると、すっと手を差し出す。

「僕の生家は、ラシーを中心に広く商売をしておりまして……今後ヴェルシアにも進出できればと考えております。その際にはぜひ、ガイゼル陛下にも懇意にしていただければと」

「悪いが、今回はそうした訪問ではない。ヴェルシアで商いがしたいのであれば、正式な手順を踏んでこい」

「……確かにそうですね。これは失礼いたしました」

ベルナルドはふっと目を細めると、受け取られなかった握手に憤るでもなく、伸ばした腕を静かに引っ込めた。ほんのわずかな会話だというのに、何とも言えない緊張を感じ

──ツィツィーはこくりと息を呑む。

その後父王に衣装の礼と、実際には違ったものとなってしまったことを詫びたあと、ツィツィーは姿の見えない母のことを恐る恐る尋ねた。

「ああ。なんでも体調がすぐれないから、部屋で休むと言っていた」

「そう、ですか……」

祝いの席であれば、直に話が出来るかとも思ったのだが──しかしツィツィーは、この場に母親がいなかったことで、どこかほっとしている自分にも気づいていた。

（お会い出来たところで、なんとお話ししたらいいか……）

二人は改めてリナたちに祝辞を伝えたあと、ようやく会場の端に落ち着いた。落ち込んだ気持ちを振り払うように、ツィツィーは努めて明るく切り出す。

「とりあえず、これでご挨拶はすみましたね」

「ああ。だが、休むにはまだ早いな」

え、とツィツィーが聞き返す間もなく、二人の周囲には話しかける機会を窺っていた各国の要人らがどっと押し寄せた。どうやらこれからが社交の本番のようだ。

（が、頑張らないと……！）

結婚式のあとに行われた怒涛の挨拶よりは、とツィツィーはその後も笑顔で応対を続ける。といっても彼らの目的のほとんどはヴェルシアの皇帝陛下であり、当のガイゼルは

「ああ」「そうか」と淡々と返すだけだ。
やがて宴もたけなわとなった頃、中庭の噴水の近くでわあっと歓声が上がった。
「何か始まったのですか？」
「ああ。余興に、ラシーでいちばんの吟遊詩人を招いているそうですよ」
貴族の一人が口にした通り、風に乗って美しい音色が流れてきた。どことなく切ない――でもとても流麗な旋律にツィツィーは耳を澄ます。
件の吟遊詩人は、六本の弦が張られた大きな楽器を支え持つと、片手でゆっくりと爪弾きながら、惚れ惚れするような歌声を紡ぎ始めた。
《かつてこの世界は　勇敢な精霊王と　美しい妃によって治められていた》
《精霊たちは　この二人を誇りに思い　二人もまた民たちを深く　深く愛していた》
（この歌は……）
それはかつてこの世界を統治していたという【精霊】の物語だった。
人間が大陸を支配するよりずっと昔、数多の精霊たちが生まれ、遊び、穏やかに暮らしていたのだと歌曲は続く。
《二人は高い塔の上から　寄り添い　いつでも民を見守っていた》
《言葉を発せぬ　幼き　弱き精霊の声も　妃はその心で　受けとめてくれた》
（心で……受けとめた……）

その歌詞に、ツィツィーは思わず自身を重ね合わせる。

音楽ももちろん素晴らしいが、吟遊詩人の声にはつい耳を傾けたくなる不思議な魅力があり——周囲の人もおしゃべりをやめ、うっとりと聞き入っているようだ。

《——かくして　精霊王と妃は　可愛い二人の子どもに恵まれて》

《いつまでも　いつまでも　幸せに暮らしましたとさ》

わずか五分足らずだというのに、壮大な物語を読み終えたような気持ちになり、一人が大きく拍手をし始めた。連鎖的にあちこちからやんやの喝采が上がり、あっという間に会場内は賛美の声で埋め尽くされる。

ツィツィーもまたいたく感動し、夢中になって手を叩いた。

すると噴水の縁に座っていた吟遊詩人とふと目が合う。

（……？）

どうやらそれは気のせいではなかったらしく、吟遊詩人は続きをせがむ観客に頭を下げつつ、真っ直ぐこちらに向かって来た。ツィツィーがきょとんとしていると、吟遊詩人はにっこりと微笑んだあと、胸に手を当てて恭しくお辞儀をする。

「ご満足いただけて光栄です、ツィツィー皇妃殿下。わたくしはリーリヤと申します」

「こちらこそ、素晴らしい演奏をありがとうございました」

「《精霊王》は特に人気がありまして。この祝いの席にふさわしい演目かと」

リーリヤと名乗った吟遊詩人は、卓越した技術に反してかなり若い青年だった。

太陽の光をとろりと溶かし込んだ淡く繊細な金髪に、瞳は夜空を思わせる綺麗な青紫色。常に微笑んでいるような柔和な顔立ちは、とても甘く整っている。

「ご所望ならば、どんな曲でも弾いてみせますよ。良ければもっと近くで――」

そう言ってリーリヤは、ツィツィーの手を取ろうとした。

だがそれより早く脇から伸びてきた腕が、がしっとリーリヤの手首を掴む。

「悪いが俺たちは用事がある。他を当たれ」

「ガ、ガイゼル様？」

「……これはこれは、ガイゼル皇帝陛下。大変失礼いたしました」

鋭く睨みつけてくるガイゼルを前に、リーリヤはにこっと目を細めるとすぐに一歩身を引いた。

「それではどうぞ、良き夜の時間をお過ごしくださいませ――」

リーリヤがようやく手を離すと、リーリヤはツィツィーに向かって再び礼をする。

リーリヤが立ち去ったのを見届けてから、ツィツィーはそっとガイゼルに尋ねた。

「陛下、用事とはいったい……」

「あれは追い払うための方便だ」

「えっ⁉」

「それとも人前に連れ出されて、踊りでも披露したかったのか？」

「そ、そんなことしません！」

一気に赤面するツィツィーに向けて、ガイゼルは呆れたように笑いかける。だがその一瞬、とても冷静な『心の声』が重なって聞こえてきた。

『リーリヤ……確かに技量はあるようだが、本当にただの吟遊詩人なのか？』

（ただの、とはどういう意味でしょうか……）

どうやらガイゼルは、リーリヤにわずかな違和感を抱いているようだ。まったく気づけなかったツィツィーは、あらためてリーリヤの言動を思い出そうとする。

だがあとに続くガイゼルの『心の声』を耳にした途端——それまで考えていた色々が綺麗に吹き飛んでしまった。

『……しかし、ツィツィーがあんなに音楽が好きだとは知らなかったな。今度楽団を招いて演奏会を開かせるか。もしくは俺が楽器を習ってもいいが……いや、だめだな。一度グレンから無理やりやらされた時「もうお前は剣だけ握っていろ」と叱られたんだった。ならば歌……いや、もっと無理だな……』

（ガ、ガイゼル様の歌……聞いてみたいです……！）

しかしグレンも止める程の演奏の腕とは、逆にどんなものなのか。

ピアノの鍵盤を陥没させる姿や、ヴァイオリンの弦を全部切ってしまう様などを想像し、ツィツィーは思わずくすっと笑いを零すのだった。

やがて宴も終盤になり、ひっきりなしに訪れていた人の列も、ようやく途切れ途切れになってきた。ガイゼルのあまりに素っ気ない態度に、取り入りを諦めたとも言えるだろう。安堵のため息を漏らすツィツィーに、ガイゼルが声をかけた。

「大丈夫か？　少し休みを取ろう」

「は、はい！」

そのまま二人は正門を入ってすぐの溜め池の前へと移動した。会場からは距離があるため、周囲に参加者らの姿はない。近くに建てられた東屋に腰を下ろすと、ガイゼルが唐突に口にした。

「――母親と、何かあったのか」

「ど、どうしてですか？」

「昼間、母親の部屋に行ったとお前の侍女から聞いた。先程も父親に、所在を尋ねていただろう？」

「……」

「無理にとは言わん。だが言葉にすることで楽になるなら、その方がいい」

（ガイゼル様……）

いつものような『心の声』がないことで、ツィツィーはガイゼルが率直な思いを話してくれているのだと理解する。しばらくの間押し黙っていたが、やがてぽつりぽつりと本音を吐露した。

「実は……私をあの塔に住まわせるように言ったのは、お母様なんです」

「……なんだと？」

「家族から離れて暮らすように、と。それもあって……上手く、お話しできないというか……」

「……」

「でもガイゼル様と結婚して、夫婦の、家族の温かさを実感する度に、自分の家族ともこのままではダメだと思って……勇気を出して行ったのですが……。その……会ってもらうことすら、出来なくて……」

改めて述懐すると、ひた隠しにしていた悲しみがみるみる溢れてきてしまい――ツィツィーはたまらず涙を零した。

ガイゼルがすぐにツィツィーの肩を抱き、腕の中に強く引き寄せる。しっかりとした胸板に顔をうずめていると、ガイゼルの苦しそうな『心の声』が聞こえてきた。

『どうして俺は、傍にいてやれなかったんだ……』

（ガイゼル様……）

『一緒に行っていれば、扉を蹴破ってでもツィツィーに謝らせて……いやだめだ、まずはツィツィーがどうしたいのかを聞いてからでなければ……。くそっ、想像するだけでも腹が立つ……』

（……この感じだと、扉なんて本当に簡単に壊してしまいそうです……）

あの重苦しい廊下の空気を、ガイゼルが一蹴りで追い散らしてしまうところを想像し、ツィツィーは少しだけ胸がすくようだった。すると背中に回っていた腕に力が籠められ、かすれたガイゼルの声が耳に届く。

「そんな母親、放っておけ」

「で、でも……」

「次に行く時は、俺も一緒に行く。目の前で扉をぶち破ってやる」

「ガイゼル様……」

ともすれば冗談にも聞こえそうな言葉だが、先程の『心の声』で本心だと知っているツィツィーは、その頼もしさに心が和らぐ。ようやく涙が収まってきたところで、ツィツィーはふと思い出した。

「あの、ガイゼル様を、お連れしたいところがあるのですが……」

そうして二人が訪れたのは、雑木林を抜けた先にある一基の古びた塔だった。

そこは昔ツィツィーが暮らしていた場所で――青白い月光に照らし出された静謐な佇まいを感慨深げに見つめていると、隣にいたガイゼルがふっと笑う。

「……懐かしいな。今見ると、すぐそこに王宮があるというのに……。かつての俺は、随分と知らないところに迷い込んだと思っていた」

「私がそれを見つけたのでしたね」

十一年前、二人はここで初めて出会った。熱で体調を崩し、木陰で倒れたガイゼルを、幼いツィツィーが発見し必死に介抱したのである。

「あの時は、本当に助かった」

「い、いえ！　結局私も途中で寝てしまって……、かえってご迷惑をかけてしまったのではと……」

「そんなことはない。あの時確かに俺は、お前に救われた。体も――心も」

ラシーに短期滞在していた頃のガイゼルは、母親を亡くした傷がまだ癒えていなかった。しかしその悲しみを誰にも打ち明けることが出来ず、一人鬱々と溜め込んでいたのだ。ツィツィーは『心の声』でそれを知り――そっと手を差し伸べたのである。

その場面を思い出したのか、おもむろにガイゼルが問いかけた。

「そういえば、どうしてお前はあの時俺に『代わりに愛する』と言ってくれたんだ？」

「そ、それは……」

当時のツィツィーの状態――実母によって周囲から隠され、姉たちからは容姿を馬鹿にされ――を鑑みれば、人に対して優しく接することは相当困難だったはずだ。

ツィツィーもそれを理解しているのか、どこか照れたように微笑む。

「実はあの言葉は……私が、ニーナから貰った言葉なんです」

「件の女中からか？」

「はい。この塔で、みんなとは別に暮らすように言われて……私は毎日のように泣いていました。でもどれだけ嘆いても、何も事態は変わらなくて……いつしか私は、涙も出なくなりました。そんな時世話役として、唯一傍にいてくれたのがニーナだったんです」

ニーナは元々王族付きではなく、厨房の皿洗いとして雇われたと言っていた。

ツィツィーに付くと決まったのも、口が堅いという理由だけで選ばれたのだろう。

「ニーナは孤独だった私を、いつも抱きしめてくれました。母親を求める私に——

——きっと大丈夫。王妃様はツィツィー様を愛していますよ。

足りない分は、わたしが代わりにツィツィー様を愛します。

だから泣かないで——

「『わたしが代わりに、あなたを愛する』と何度も、何度も背中を撫でてくれました。最初は素直に受け入れられなかった私も、いつの間にかそれが心の支えになっていて……」

「だから俺にも、同じ言葉をかけたのか」

「は、はい……。当時の私にとって、それがいちばん『元気をくれる言葉』だったので……」

改めて告白すると恥ずかしくなり、ツィツィーはそっと顔を伏せた。

するとガイゼルはしばし押し黙ったあと、ふっと口元をほころばせる。

「なるほどな。……どうやら俺も、その女中殿に礼を言わねばならんようだ」

「ガイゼル様がニーナに、ですか？」

「ああ。……ツィツィーの心を守り、ここまで優しい女性に育ててくれたことをな」

（ガイゼル様……）

その言葉に、ツィツィーは鼻の奥がつんと痛むのを感じた。

あの塔に閉じ込められていた日々も。その中でたった一人、ツィツィーを愛してくれた人も。そして何よりも今のツィツィー自身を――すべて受け入れてもらえた気がしたからだ。思わず溢れてきた涙を瞬きでごまかしたあと、ツィツィーは嬉しそうに目を細める。

「きっと、ニーナも喜ぶと思います」

「ああ」

そう言うとガイゼルは、そっとツィツィーを抱き寄せた。

彼の胸に頬を押し当てると、布越しに硬い首飾り――おそらくツィツィーが贈った護符だろう――の感触があり、ふふっと笑みを零す。

顎に指が添えられたかと思うと優しく上向かせられ、そのまま下りてきたガイゼルの唇をツィツィーは静かに受けとめた。

「――ん、」

宴の喧騒はここまでは届かず、二人の姿を知るのは青く澄みきった月の光だけ。日中のうだるような暑さは鳴りを潜め、ただ心地よい夜風だけが木々の梢をそよがせた。やがて名残惜しそうに離れていくガイゼルを見て、ツィツィーはじわじわと赤面する。

「な、なんだか、悪いことをしている気がします……」

「何故だ？」

「ち、小さい時の自分に、見られているような……」

まさかの例えに、ガイゼルはわずかに眉を上げたあと、くくっと噛み殺すようにして笑った。

「逆に俺は、ようやく戻って来られたと思ったがな」

「戻る、ですか？」

「ああ。……俺はあの時からずっと、お前にこうしたかったんだ」

切ないガイゼルの笑みを見た瞬間、ツィツィーの脳裏に幼い日のガイゼルが甦る。

あの日。二人はほんの偶然によって出会った。

それが運命のいたずらによって、再会を果たしたのだとツィツィーは思っていた。

――だが真実は違った。

ガイゼルは明確な意志を持って、ツィツィーに会いに来てくれた。

たった一つ。夏の夜に見た夢のような、ほんの一瞬の思い出を胸に抱いて。

「ありがとう。……俺に生きる理由をくれて」

「それを言うなら、私もです」

迎えに来てくれてありがとう。

ずっと思っていてくれて、ありがとう。

溢れ出しそうな心の声を伝えたくて、ツィツィーはガイゼルの頬に両手を伸ばす。

上体を屈めたガイゼルに向かって踵を上げると、そのままおずおずと口づけた。

「……ん」

甘い花の香りを含んだ風が、再びさあっと吹き抜けた。


翌日、リナの結婚式まであと三日。

二人が朝食を終えた頃、調査から戻ってきたヴァンが部屋を訪れた。

「おはようございます。ニーナ様の行方が分かりました」

「本当ですか⁉」

「はい。どうやら皇妃殿下がヴェルシアに移動されたあと、ニーナ様も王宮を辞されていたようです。今は王都の南地区で暮らしておられると」

「ガイゼル様！」

嬉しさのあまり、ヴァンがいる前で名前を呼んでしまったことにすら気づかず、ツィツィーはきらきらと目を輝かせる。ほんの一瞬『可愛っ……』という心の声がよぎったが、ガイゼルはふっと余裕の笑みを浮かべた。

しかしヴァンが、言い出しにくそうに眉尻を下げる。

「ただその、……今少し、体調を崩されているらしく」

「ニーナがですか⁉」

「感染する病ではないようですが……。皇妃殿下に大事があってはいけませんので、ここは控えられた方が――」

そんなヴァンの進言に、ツィツィーは大きく首を振った。

「会います。会わせてください」

みなまで言わせぬツィツィーの勢いに、ヴァンはそっとガイゼルの様子を窺う。ガイゼルもまたわずかにためらったものの、ツィツィーの必死な様子を見て渋々承諾した。

「俺も同行する。――ヴァン、すぐに案内を」

ラシーの女中らに外出する旨を伝えると、ツィツィーたちはすぐさま王宮を出た。午前中とはいえ、急速に上がりつつある地表の温度をじりじりと肌で感じながら、一行は馬に乗ってニーナの家へと向かう。

王宮のある北地区から離れていくにつれ、少しずつ道の舗装が剝げていき、建物も平屋や木造のものに変わっていった。南区に入ると、道端でぐったりと座り込む人の姿が多くなり、豪華な衣装を身にまとったツィツィーたちを疑わしげな目で睨んでくる。

(王都の中でもこんな一角があっただなんて……本当にニーナがここに?)

やがて貧しい住居が密集する地区に到着した。

「今はお一人で生活しているらしく……ああ、この建物です」

そう言ってヴァンが示したのは、今にも倒れそうな木造の古家だった。朽ちかけた木戸を叩くが返事はなく、ヴァンが様子を窺おうと軽く押すと、鍵もないのか簡単に内側へと開く。

「ニーナ様、失礼いたします。皇妃殿下をお連れしました」

足元に気をつけろとガイゼルにリードされつつ、ツィツィーはヴァンの先導に続いてニーナの家へと入った。中は薄暗く、むわりと淀んだ空気に満ちている。家具はほとんど置いておらず、部屋の片隅にぽつんと見えたベッドに、ツィツィーはすぐさま駆け寄った。

「ニーナ……!」

横たわっていたニーナは、ツィツィーの呼び声にうっすらと瞼を開いた。眦と口元に深く刻まれた皺がふるふると動く。

「ツィツィー様……おひさしゅうございます……」

「ニーナ……」

ようやく再会できた恩人の姿を見て、ツィツィーはたまらず瞳を潤ませる。やせ細ったニーナの手をそっと握りしめた。

「ニーナ、大丈夫？　体調が悪いと聞いたけれど……」

「申し訳ございません……。しばらく前から、ずっとこのような有様で……」

「診療所には行ったの？　薬は？」

「お医者様は、熱にやられただけだから、水分を取って安静にしていろとだけ……」

「お水……これかしら」

見ればベッドのすぐ近くに、安価な革で出来た水袋が散乱していた。だが中身が残っているものがなくツィツィーが困惑していると、ガイゼルが持参させていた水筒を差し出す。

ニーナは震える手でそれを持つと、慎重にこくりこくりと嚥下する。そのまままたすぐにベッドに横たわってしまった。

ガイゼルはニーナの様子を確認したあと、床に転がっていた空の水袋を拾い上げる。蓋を開け、中のにおいを確かめるとニーナに尋ねた。

「ニーナ殿、これはどこで買った水だ？　見たところすべて同じもののようだが」

「それは……王宮から、配給されたものです」

「はい。ずっと雨が降らないせいか、この地区の井戸が涸れてしまって……。だから国から配られたものをいただいております……」

水が汲み上げられなくなった当初は、市販の水を購入していたのだという。だがどれも高価で、貧困にあえぐ南地区の住人たちは難儀していた。そこに市民の不満を聞きつけた王宮が、ようやく給水活動を始めてくれたらしい。

「王宮？」

初めて知るラシーの現状に、ツィツィーは血の気が引くのが分かった。

（まさか……こんなことになっていたなんて……）

やがてガイゼルがヴァンに指示を出す。

「すぐに空きのある診療所を探せ。このままここに残してはおけん」

「はっ」

見る間に走り去ったヴァンに望みをかけつつ、ツィツィーは水で冷やした布をニーナの額に乗せたり、風を送ったりと懸命に世話を続けた。ようやくヴァンが戻ってくるも、どういうわけか複雑そうな表情を浮かべている。

「申し訳ありません。この近くで今すぐに入れる診療所が見つからず……」

「どういうことだ」

「ニーナ様と同じような症状の方がここ数日で急増しているらしく、どこもいっぱいでした。代わりに叔父に相談して邸の一部を提供してもらいましたので、一時的ですがそちらに」

その言葉に、ツィツィーはほっと胸を撫で下ろした。しかし診療所が満床となると、他の住民たちの様子も気にかかる。

（もしかして、他の方たちも皆、同じ病気なのでしょうか……）

ここに来るまでに随分と目撃した、路地裏で倒れ込む人々の姿。

起き上がる気力もない者や、目の焦点が合わずぼんやりとした顔つきの者など、どう見ても尋常ではなかった。彼らの周囲にも空になった水袋が散乱していた気がする。

ともあれニーナを運ぶため、急ぎ邸に向かった二人だったが――訪れた医師の診察でも、ニーナの病の原因は分からないとのことだった。

「色々と処置はしたのですが、熱が上がったり下がったりで……」

「ニ、ニーナは大丈夫なのですか？」

「今は解熱剤が効いて落ち着いていますが……どうも単なる熱中症ではないような……」

冷たい目つきのガイゼルを前に、医師が額の汗を拭きながら懸命に応じる。ツィツィーはベッドで眠るニーナの傍にしゃがみ込むと、そっとその手を握りしめた。

（熱にやられたわけではない？　ではどうして――）

するとしばらく押し黙っていたガイゼルが、医師に向かって尋ねた。

「仮にだが、中毒症状という線はないか」

「ちゅ、中毒症状……ですか？」

「薬も適量であれば問題ないが、過剰に摂取すると毒になるだろう。義父——んんっ、フォスター公爵家で見た古い戦記物で、これと似たような症例を読んだ記憶がある」

「す、すぐに調べてまいりますっ！」

医師は驚くべき機敏さでその場から立ち去った。ガイゼルはそのままツィツィーの隣に立つと、朦朧とした顔つきのニーナに問いかける。

「ニーナ殿。体調を崩したのは、配布された水を飲み始めた頃からではないか？」

「どう……でしょうか？　今年は特に暑かったので、いつからかは……」

「では同じ水を飲んでいた、近くの住民にも似たような症状がなかったか」

「ああ、それはありました……。みんな、暑さにやられたと……」

「……」

「ガイゼル様、いったい何が……」

ツィツィーがおずおずと顔を上げると、ガイゼルはふむと腕を組んだ。

「あの水袋から、わずかにだが青臭さを感じた。それに同じ症状の病人の多くが南地区に集中している。もしかしたら、配布された水が原因なのかもしれない」

「水、ですか？」

「ヴァン、この近くで水の成分を調べられるところはあるか？」

「隣国の大学であれば、相応の設備が整っているかと」

「早馬を飛ばして調べさせろ。すぐにだ」

はっ、と短く応じたヴァンを見送ったあと、ガイゼルはツィツィーを振り返る。

「悪いが、俺も少し外す」

「ど、どちらへ行かれるのですか？」

「事情を伝えて、この邸に臨時の診療所を開かせる。南地区の病人を、可能な限り運び入れたい」

「でしたら私もお手伝いを――」

「安全だとは言い切れない。お前はニーナ殿の傍にいろ」

そう言うとガイゼルは、護衛たちを伴い早々に部屋をあとにした。一人残されたツィツィーは不安を堪えるように、こくりと息を呑み込む。

（たしか水は、王宮から配布されたものだと……。もしそうだとしたら……）

いったいラシーに何が起きているのか。

ツィツィーは祈るような気持ちで、弱々しいニーナの手を再び握りしめた。

そしてその日の夕方、大勢の病人が邸に運び込まれた。

ガイゼルの要求を、ヴァンの叔父は「それが貴族の責務ですから」と二つ返事で受け入れてくれたのである。さらには医者の増員も手配してくれたため、多くの住民たちが衛生的な場所での加療を受けられることとなった。

しかし具体的な病気の特定には至らず、中にはニーナより重篤な症状の者もいる。邸の使用人たちに交ざってツィツィーが看護をしていると、ようやく王都の巡回を終えたガイゼルたちが戻って来た。

「ガイゼル様、いかがでしたか？」

「想像していた以上に状況が悪い。とりあえず重症者から運ばせたが……軽症者を含めると、とてもではないが場所が足りん」

「そんな……」

「水不足も深刻だ。このままでは、西地区と東地区の井戸もじきに枯渇するだろう。北にはまだいくばくか余裕があるそうだが……どうやら貴族たちが占有しているため、庶民では汲み上げられないらしい」

重苦しい空気が漂い、沈黙があたりを支配する。

そこに分厚い本を手にした医師が、大慌てで邸に戻って来た。

「ガ、ガイゼル陛下、お、おっしゃる通りでした！」

医師は衆目の前で本を広げる。

どうやら相当古い本らしく、独特の匂いがふわりと立ち上がった。

「ここ、これのことではないでしょうか。『リグレット』と呼ばれる植物で——強い鎮痛作用や麻酔の効果が得られるため、かつては戦場で広く使用されていたそうです。服用しすぎると発熱や意識の混濁、また強い催眠状態に陥ったりするため、用量には十分注意せよと……」

「『リグレット』か……。かつて大陸西部の湿地帯に多く自生していたが、その薬効を悪用する者が現れ、一時期乱獲されたはずだ。そのせいで今はほとんど絶滅したと聞いたが……」

ガイゼルはわずかに下唇を噛むと、すぐに医師らに指示を出した。

「すぐに体内に残っている毒素を排出させる。多めの水を取らせ——ああ、王宮から配布された無償の水は使用するな。それから熱が上がりすぎると危険だ。解熱剤を飲ませろ」

「は、はいっ！」

有無を言わさぬその迫力に、医師たちや看護の手伝いをしていた邸の使用人たちは一斉に患者の元へと向かった。ガイゼルもまたツィツィーに向き直る。

「俺はもう一度街に行く。他の地域に広まっていないか、確認すべきだろう」

そう言ってガイゼルはすぐに踵を返した。たまらず追いかけたくなったが、邪魔になってしまうだけだとツィツィーは踏みとどまる。

（私は……私に出来ることを）

ツィツィーはゆっくりと顔を上げると、病床へと急いだ。

結局、患者たちへの処置は翌日の朝方まで続いた。

部屋の片隅には疲れ果てて眠る医師や使用人たちの姿があり、ツィツィーはそれぞれに毛布を掛けながら、起こしてしまわないようそうっと移動する。中には邸の主であるヴァンの叔父もおり、ツィツィーは思わず目を細めた。

静かに扉を閉めて、廊下を移動する。

すると今しがた戻って来たのか、ガイゼルと護衛たちが玄関ホールに入ってきた。

「ガイゼル様、いかがでしたか？」

「幸い、他の地域にはまだ大きな被害は見られなかった。すぐに王宮に報告を――」

すると再び玄関の扉が開き、ヴァンが息を切らせて飛び込んで来る。

「陛下！　分析の結果が出ました。麻薬作用のある植物の成分が、微量ですが検出されたようです」

「ガイゼル様、これって……」

「ああ。やはりあの水が原因と決まったな」

ガイゼルは王宮に向かうべく踵を返した。その腕をツィツィーがはしっと掴む。

「あの、私も連れて行っていただけないでしょうか？」

「しかし――」

「お父様にちゃんと聞きたいんです。そして一刻も早く、この事態を止めないと」

「……分かった」

二人は馬を駆り、王宮へと向かった。廊下ですれ違う官吏たちは、鬼気迫る様子のガイゼルたちにぎょっとしている。それらを無視して、ツィツィーたちは国王のいる執務室へと急いだ。

「失礼いたします！」

返事を待たずして、ツィツィーは扉を押し開く。中には驚きに目を見開くラシー国王と大臣たちの姿があり、構わず彼らの前へと足を進めた。迫力ある父親を前にツィツィーはわずかに身を強張らせたが、勇気を出して口を開く。

「お父様、突然の無礼をお許しください」

「な、なんだ、いきなり！」

「王宮が配布している水の恐ろしさについて、ご存じでいらっしゃるのでしょうか？」

ツィツィーは街で苦しむ中毒者の存在と、配給されている水がその原因であることを一気に告げた。最初はぽかんとしていた父王も、ツィツィーの糾弾に次第に青ざめる。

「お父様は、この事態をどうお考えなのですか？」

「何を根拠に中毒などと……。大体王都の医療機関からは、そうした報告は一切――」

「それは医師が原因を突き止められていない、もしくは病人の多くが医者にかかれていないだけではありませんか？　実際街では症状に苦しむ民が――」

「水は我が国の安全基準をきちんと満たしている！　そのような危険なものが含まれているはずがない！」

「分析の結果も出ています。すぐに事実を公表して、適切な措置を――」

だがツィツィーの再三の説得も虚しく、父王は怒りを露わにした面持ちで、『だめだ』と頑なに否定した。

「勝手なことを言うな！　その分析が正しいという保証はどこにある！」

「保証も何も、今まさに国民の命が危険に曝されているのですよ!?」

「黙れ！　お前ごときがこのわたしに意見するのか！　第一今は、リナの結婚を控えた大切な時期だ。諸国から多くの客人も滞在している。婚儀が無事に終わるまで、無闇に事を荒立てるな!!」

「お父様……！」

するとまた慌ただしい靴音を立てて側近の一人が執務室に現れた。体をわなわなと震わせながら声を上げる。

「お、お話し中、大変失礼いたします！　陛下に火急のご報告が！」

「ええいなんだ、次から次へと騒々しい！」

「それがその、リナ王女殿下が……行方不明になったと……」

「お姉様が⁉」

ツィツィーはまさかの事態に言葉を失った。

それは父親も同様だったらしく、立ち上がったまま呆然と自失している。

（なんてこと……！）

姉の婚儀まで、あと二日。

ツィツィーは、ラシーに過酷な運命が待ち受けているような気がして――たまらず胸の前で組んだ両手を握りしめるのだった。

第四章

これからが本当の闘いです。

ラシーに滞在して四日目、太陽が少しずつ傾きかけた午後。

ようやく静かな寝息を立て始めたニーナを見て、ツィツィーは繋いでいた手をそっと離した。だいぶ解毒出来たようだが、好転反応からか今もたびたび微熱が生じている。

音を立てないようそっと扉を閉め、一階の広間へと移動する。するとちょうど街の巡回を終えた護衛たちが、ガイゼルに報告をしているところだった。

「中毒症状が見られる者には一通り、王宮から配布される水を飲まないよう伝えました。しかし市販されている水は高価で、さらに在庫も不足し始めているそうです」

「汲み上げをしていた東地区の井戸も、付近の住民から苦情が出ました。これ以上は厳しいかと……」

「西地区も同様です。やはり絶対的に水が足りないとしか」

「……」

次々と上がる報告を聞きながら、ガイゼルは眉を寄せる。

「ラシーの王宮からは、何も言ってこないのか」

「はっ、やはりリナ王女失踪事件への対応に手いっぱいらしく……とてもこちらへ人員を割ける状態ではないようです」

「人なんぞ要らん、物資を寄こせ。まったく……」

やがてヴァンが進み出て、ガイゼルに資料を手渡した。

「こちらがラシーで水を取り扱っている業者の一覧です。ただ隣国や群島まで把握するのにはもう少し時間がかかるかと」

「この中から、一つ一つ洗っていくしかないのか」

「はい。ただ王宮に疑惑が伝わった以上、相手も素直に吐くとは……」

眉尻を下げるヴァンを見て、たまらずツィツィーは口を挟む。

「あの水の出所が分からないのですか？」

「はい。やはり行政に関する事柄となりますので、我々ではさすがに」

「そんな……どうして明らかにしないのでしょうか」

「政府が配った水に危険な異物が混入されていたとなれば……国家として賠償責任が生じるためかと」

「そ、それは当然です！　ですが人の命には代えられません」

「そう思う奴ばかりではない、ということだ」

はっきりと言い切ったガイゼルに、ツィツィーは続く反論を呑み込んだ。

(ではお父様は……国家の非を知ってもなお隠蔽するつもりで……?)

苦しむニーナの顔を思い出しながら、ツィツィーはぎゅっと自身の拳を握りしめる。ガイゼルは手にした書類にざっと目を通したあと、ヴァンにひらりと戻した。

「しかしこうなると、ラシーに持ち込まれた『リグレット』自体を探し出す方が早いかもしれんな……。ヴァン、物資の確保と並行して植物と――ワインの組合、もしくは多く所蔵している家を調べてこい」

「ワイン、ですか?」

「ああ。医師から借りた資料によると『リグレット』は輸送する際、アルコールに漬けた状態でなければ薬効が抜けると書かれていた。俺の読んだ本にも、ワイン樽に入れて戦場を移動させたとあったからな」

「分かりました。すぐに調査いたします」

そうして各々指示を受けたヴァンと護衛たちは、すぐに広間から去った。二人きりになったところで、ツィツィーが申し訳なさそうに目を伏せる。

「すみません陛下、ラシーのためにここまで……」

「ガイゼル、だ。……しかし、思っていた以上に厄介だな」

「あの、やはりもう一度お父様を説得して、水の業者を」

「それが出来ればいちばんだが、おそらく今の王宮にその余裕はないだろう」

「リナお姉様、ですよね……」

長女のリナがいなくなってから、丸一日以上が経過した。

王宮では夜を徹して捜索を行っているが、有力な証言や目撃談が得られず、いっこうに進展がないらしい。

リナ付きの侍女の話では、一昨日の夕方突然『来賓の方々にお礼を言いに行く』と王宮内の客室に向かったらしく、その際回廊で吟遊詩人リーリヤと接触していた――その目撃談を最後に、消息を絶っている。

元々午前様も多く、帰りが遅いと気づいた侍女たちも最初は様子を見ていたらしい。だが夜が更け、これはさすがにおかしいと手分けをして捜し回った。しかし明け方になっても戻らず、急ぎ報告したのだという。

「リーリヤさんは『リナ王女とは挨拶をしてすぐに別れた』とのことでしたが……」

リナと最後に話した重要人物として、当然リーリヤは一番に取り調べにかけられた。

ツィツィーも、ガイゼルらと共にその場に立ち会ったのだが……リーリヤは『どうだったかなぁ』とはぐらかすような物言いばかりで、重臣たちは随分と苛立ちを露わにしていたものだ。

ツィツィーとしても姉の行方が気がかりで、申し訳ないと思いつつもこっそり『受心』

を試みた。だが不思議なことに、リーリヤからは一切『心の声』が聞こえなかったのである。そのあとも何度か試してみたが、結果は同じで——結局得られたのは前述の証言だけだった。

(やはり昔より力が弱まっているのね……それ自体は喜ばしいのだけれど)

一方、姉の婚約者であるベルナルドの狼狽はすさまじく、何者かに拉致されたのではないかと、心配のあまり涙を見せる一幕すらあった。今日も王宮での捜索に参加しているらしく、リナへの深い愛情がひしひしと感じられる。

(このままでは、お二人の結婚式が……)

いよいよ顔色を悪くするツィツィーを前に、ガイゼルははあと息をついた。

「姉の件も含めてもう一度街を回る。その間、お前は少し休んでいろ」

「で、ですが……」

「看病し通しで、寝ていないと聞いたが?」

「そ、それは……。でもガイゼル様も同じでは」

「いいから、部屋で、寝ろ」

「は、はい……」

有無を言わさぬガイゼルの命令に従い、ツィツィーはヴァンに提供された二階の客室へと向かった。そろそろとベッドに横たわると、気を張っている間は分からなかった疲労が、一気に眠気として襲ってくる。

（……いったい、どうしたら……）

ツィツィーは己の無力さに、胸の奥がじりじりと焦げつくようだった。


どのくらい寝ていたのだろう。

ツィツィーはかすかな物音に、わずかに睫毛を持ち上げた。

（ドアが閉まる……音？）

ゆっくりと体を起こす。窓の外はとっくに日が暮れていて、大きな月が皓々と輝いていた。随分熟睡してしまった……とツィツィーは急いでベッドから下りようとする。するとベッド脇の照明の下に、見覚えのある短剣が置かれていた。

黒い剣身に、鍔の中央に輝くレヴァナイト――グレンがガイゼルに贈ったものだ。

（もしかして、ガイゼル様がいらした……？）

ヴェルシアでは『悪い夢を断ち切ってよく眠れるように』と枕元に刃物を置く風習があると、以前教育係から教えてもらったことがある。だがあくまでも一人寝を怖がって泣く子どもを宥めるための方便らしく、実際に試したことはない。

そんなおまじないを、あのガイゼルが実行してくれたなんて。

（私が安心して眠れるように、大切な短剣を……）

レヴァナイトの輝きに惹かれるように、ツィツィーは短剣に手を伸ばす。するとリィンと鈴のような音がして、テーブルの上に黒いアザラシが現れた。

『ツィツィー様！　お久しぶりでございます！』

「あなた精霊の……」

『覚えていてくださり光栄です！』

短い二股の尻尾をぴこぴこと振る愛らしさに、ツィツィーは思わず目を細める。黒いアザラシはうーんうーんと左右に身を捩って懸命に伸びを始めた。

『やっと出てこられました！　いやあ窮屈でした～』

「ふふ、いつでも出てきてくだされぱいいのに」

『わたしは兄上ほど長く姿を保てなくて……。ですがやはり故郷に戻ってきたせいか、少し元気が出てきました！』

「ここが故郷……なんですか？」

『はい！　兄上もぜひ、連れてきて差し上げたかったです』

聞けば精霊たちが元々住んでいたのは、大陸の遥か南――ちょうどこのあたりだったという。当時は国名などなかったため、ラシーと言われてもぴんと来ていないようだ。

「じゃあ、あなたたちもここで暮らしていたのね」

『とても懐かしいです……。あの塔の上に王様と王妃様がおられて』

「塔って……もしかして、王宮の近くにある？」

『それですそれです！　本当はもっと近くで見たかったのですが、あの時は何やら怖い気配がしていたので、出ることが叶いませんでした……』

まさかの事実に、ツィツィーは目をしばばたたかせた。

（相当古いものだとは思っていましたが……【精霊】の時代のものだったなんて）

すると大きく伸びをしていた黒アザラシが、バランスを崩しそのままこてん、と後ろに転がった。あわやテーブルから落ちそうになったところを、ツィツィーが慌てて両手で受け止める。

だがレヴィの時同様、姿はあれど感触はなく――黒いアザラシはつぶらな瞳をぱちぱちさせると、すぐにぴょんと跳び上がった。

「ありがとうございます！　ですが大丈夫ですよ。今は実体ではないので」

「実体ではない？」

「はい。昔は人間と同じ立派な体があったのですが、王がおられなくなってからはこの形態しか取れなくなってしまいました……」

むむむと複雑な顔で、ふっくらとした自分のお腹を摘むアザラシを見て、ツィツィーは思わず笑みを零す。

「そういえば、やっぱりガイゼル様があなたをここに？」

『はい！ ツィツィー様を起こさないようにと、こう、とてもとおーくから、しんちょーうに置いておられました！』

「まあ」

すやすやと眠るツィツィーを起こさないよう距離を保ちつつ、難しい顔つきで短剣を置くガイゼルの姿を想像し、ツィツィーはふふっと口元をほころばせる。

「あの、お兄さんはレヴィとおっしゃったけど、あなたのお名前は？」

『わたしはルーヴィと申します！』

「ルーヴィ。……私の眠りを守ってくれて、ありがとうございます」

ツィツィーのその言葉に、ルーヴィは大きな目をさらに黒曜石のように輝かせた。

『はいっ‼ こう見えてもわたし、剣の腕には覚えがありますので！ いつでもツィツィー様をお守りいたしますっ！』

「頼もしいです。よろしくお願いしますね」

褒められてたいそう満足したのか、ルーヴィは嬉しそうにレヴァナイトの中に戻っていった。ツィツィーもまた、ガイゼルに返しにいかなければと、短剣を大切に胸に抱いてそうっと部屋を出る。

（いったい、どこにおられるのでしょう……）

患者たちの容体も今は落ち着いているらしく、邸の中はひっそりとした静寂に満ちていた。やがて一階の広間に近づいたところで、扉の向こうからガイゼルたちの声が聞こえてくる。わずかに開いた隙間から室内を見ると、軍議さながらの様相でガイゼルたちが話し合っていた。

「（調べましたが、ワイン組合に特に怪しいところはないようです。ただレルタ家からの情報で――）」

「（周辺国も水の備蓄は十分ではなく――）」

「（王都内を再度捜索しましたが、いまだ手がかりは――）」

「（来賓たちにも、リナ王女失踪の件が伝わったようです。おそらく、結婚式は中止にせざるを得ないかと――）」

状況はどれも芳しくないらしく、兵士の中からはラシー王家を非難する声も上がっている。ガイゼルとヴァンがそれとなく宥めていたが、ツィツィーは先に進むのをためらってしまった。

（私が今入っても、邪魔になってしまう……）

ツィツィーは静かに扉から離れると、とぼとぼと廊下を戻っていく。

やがてニーナのいる部屋が見えてきて、ツィツィーは引き寄せられるように扉を押し開いた。カーテンの隙間から真っ白な月明かりが差し込んでおり、ツィツィーはそうっとニーナのベッドの脇に腰を下ろす。

「ニーナ……」

眠るニーナを前に、ツィツィーの心には様々な不安が湧き起こる。

ラシーを襲う旱魃。そこに広がる水の汚染。

元首である父は事態から目を背け、次期後継者の姉は行方知れず。

(どうしましょう……)

ラシーに思い入れなんてないつもりだった。

父は逆らうことの出来ない絶対的存在。母からの愛もとうに諦めていた。

ツィツィーにとってラシーは、自分を受け入れてくれないふるさとであり、悲しい思い出の土地でしかない。だけどヴェリ・タリや王都に住む人々、ニーナたちにとっては大切な故郷であり、これからも生きていく場所なのだ。

「私は、どうしたら……」

大粒の涙が、白い頬を流れ落ちる。

するとそんなツィツィーの手に、弱々しい指がそっと触れた。

「ツィツィー様……」

「……ニーナ?」

どうやら起こしてしまったのだろう。ニーナがうっすらと瞼を開けて微笑んでいた。ツィツィーが慌てて涙を拭おうとしていると、ぽつりぽつりとうわごとを発する。

「大丈夫……大丈夫ですよ」

「ニーナ……」

「わたしが代わりに、……ツィツィー様を、愛しますから……」

それはかつての幼いツィツィーに、ずっとニーナが与えてくれた言葉だった。

押しとどめたはずの涙が再び込み上げてきて、ツィツィーは嗚咽と共に打ち明ける。

「だめなの……私……。皇妃になって、たくさん勉強して、少しでもみんなを助けられるようにって……一生懸命、やってきたはずなのに……。結局、……何も出来ないの……！」

筋となった涙が、ガラス玉のようにぼろぼろとニーナの手に零れ落ちる。するとニーナは先程よりもしっかりと、ツィツィーの手を握り返した。

「そんなことはありません。……ツィツィー様はいつだって、頑張り屋さんじゃないですか……」

「……でも、……」

「それに、誰よりもお優しい……。覚えておられますか？　わたしが落ち込んでいる時、いつもお花をくださったこと……」

「あれは……」

ニーナのその言葉に、ツィツィーはこくりと息を呑んだ。

母親に『心が読める』ことを知られ半幽閉されたツィツィーは、出来るだけこの能力を使わないようにと注意していた。だが当時のツィツィーは力が強く、己の意志に反して周囲の感情を『受心』してしまっていたのだ。

それはもちろんいちばん近くにいたニーナに対しても同様で、ツィツィーは勝手に『心の声』を聞いてしまっているという後ろめたさと、心の内では自分のことを疎ましく思っているのではないか、という恐怖に苛まれていた。

だがツィツィーの不安とは裏腹に、ニーナの『心の声』はいつも優しかった。

「不思議だったんですよ。……どうして、わたしの悲しい気持ちが分かるのかしらって。……でもいつからでしょう。きっとツィツィー様には、わたしの『心の声』が聞こえているのかもしれない――と思うようになりました……。ふふ、そんなわけ、ないのにね……」

口から発せられる言葉と、聞こえてくる『心の声』はいつも一緒で――ツィツィーはこの人ならば、自分の異能を知っても嫌いにならないでいてくれるかも、と思うようになった。

すると不思議なことにあれだけ暴走していた力が、少しずつ安定するようになった。

ツィツィー自身も『受心』をやり過ごすコツを掴み始め、また年を重ねるにつれて『心の声』が聞こえる現象そのものが減っていった。それはきっと、受け入れてくれる人がいる――という安心感がきっかけだったのかもしれない。

やがてニーナは、艶々と潤んだツィツィーの瞳を見つめてゆっくりと微笑む。

「ツィツィー様なら大丈夫ですよ。だから、……泣かないで」

「ニーナ……」

解熱剤が効いているのか、ニーナはそれだけ告げると再びすうと寝息を立て始めた。

ツィツィーはしばらくニーナの手を握りしめていたが、やがて静かに立ち上がる。

（私の……私にしか、出来ないこと……）

広間に繋がる廊下を早足で歩きながら、ツィツィーはぎゅっと胸元で短剣を握りしめた。

先程の広間に戻り、そろそろと中の様子を確かめる。どうやら協議は終わったらしく、大勢の人の気配はない。

扉を開けるとガイゼルだけがおり、ツィツィーに気付くと静かに目を細めた。

「なんだ、もう起きたのか。朝まで休んでいても――」

「ガイゼル様、お願いがあります」

真剣なその声色に、ガイゼルはすぐに口を引き結ぶ。

ツィツィーは緊張で心臓が張り裂けそうになりながらも、今自分の思う最良の策を提示した。

「どうか一晩で良いので――ガイゼル様のお体を貸してください！」

部屋の中にかつてない程の沈黙が流れ、ツィツィーはあれ？　と顔を上げる。

すると目の前で――茹で上がった海老のように赤面したガイゼルが、わなわなと小刻みに震えていた。

（い、言い方を間違えました！）

だがツィツィーが訂正する間もなく、喜びとも困惑とも取れるガイゼルの『心の声』が、加熱した豆のようにぱぁーん！　と弾けてあちこちに飛び散った。

『なっ⁉　はあ⁉　俺の、体⁉　体とは⁉』

『待てそれはいったいどういう意味なんだツィツィーが俺を一晩貸してほしいとはいったいもしや体しか求められていないのかそれはそれでどうなんだ俺』

『ば、場所はどこを希望している⁉　ラシーの王宮は無理だし、ここはヴァンの叔父の家で』

『もちろんやぶさかではないしむしろ大歓迎だが、今はそんなことをしている暇はないというのも事実であって、しかしツィツィーがこうして積極的に来てくれているのを拒絶するのは男としての矜持が』

相当混乱しているのか、肯定と否定がしっちゃかめっちゃかになっている。とんでもない誤解を広げていくガイゼルに、ツィツィーは慌てて首を振った。

「その！　い、以前イシリスでしたことを、ここでも試してみようと思いまして！」

「……イシリス？」

先程までぽわぽわと浮かれ上がっていた『心の声』が、ばたばたばたっと一気に地に落ちる。ツィツィーはほっとしたような、申し訳ないような気持ちになりつつ、改めて説明した。

「以前イシリスの雪山でアンリの行方を捜した時のように、ガイゼル様の体をお借りしたいんです。もしかしたらこれで、お姉様の居場所が分かるかもしれないと」

「なるほど、そういう意味か」

『良かった……。色々早まって口にしなくて本当に良かった……』

ガイゼルもまた安堵と落胆を抱えながらも、それを一切見せないまま、ふむと顎に手を添える。だがすぐにツィツィーを真っ直ぐに見つめ返した。

「今は何でも試してみるべきだ。やる価値はある」

「あ、ありがとうございます！」

そこでようやく短剣を預かったままだったことに気づき、ツィツィーはお礼を言いながらガイゼルに返却した。短剣を腰に戻すと、ガイゼルは「で？」と腕を組む。

「俺は何をしたらいい？」

「そ、その……腕を大きく広げていただいて」

「こうか」

ツィツィーの指示に従い、ガイゼルはその長い腕をゆっくりと開いた。ダンスのペアを組む前のような姿勢を確認すると、ツィツィーは羞恥心を堪えぎゅっと目を瞑る。

「し、失礼します！」

「――くっ⁉」

隙間なく体を押しつけるようにして、ツィツィーはガイゼルに全力で抱きついた。頭上でガイゼルの息を呑む音が聞こえたが、ツィツィーは目を閉じたまま、生真面目に言葉を続ける。

「私がいいと言うまで、このままでお願いします」

「……分かった」

そのままツィツィーは瞼を伏せ『受心』に集中した。

だが言葉にならないガイゼルの葛藤が、どうしようもなく妨害してくる。

『っ……可愛い……細い……柔らかい……。いったい何を食べたらこんなに華奢でも生きていけるんだ……。花の蜜か？　宝石か？』

『ところで俺は今何をされている』

『考えるなツィツィーを信じろ』

『もしやこれはツィツィーなりに甘えているのでは……いや違う、姉を捜す手段だと言っていただろうが』

『ああ──だめだ、花のような甘い香りがする……。俺が虫だったらもう一生ここから飛び立ちたくない……』

「ガ、ガイゼル様はあまり色々考えずに、心を無にしていてください！」

「……分かった」

以前も怒られたことを思い出したのか、ガイゼルはすぐに思考を停止した。ようやく静かになったところで、ツィツィーは慎重に『受心』の見えない蔓を伸ばしていく。

（お姉様……どこにいるの……）

だが無人の雪原とは違い、ここはラシー王都。

街中にざわざわとした『心の声』が広がっているのは分かるが、いざ手繰り寄せようとすると、壁に引っかかったように上手く拾い上げることが出来ない。

その後も根気よく気配を探っていたツィツィーだったが──やはりどうしても能力が発揮できず、止めていた息をはあと大きく吐き出した。

「どうだ？」

「だめです……建物が邪魔をして……」

考えてみれば、ガイゼルの力を借りた『受心』が効力を発揮するのは、障害物の少ない場所や相手が同じ部屋にいる時だけだ。ツィツィーは焦燥からぎゅっと唇を噛む。

（やっぱり、私は何も出来ないの……？）

力が及ばなかったショックに、ツィツィーはそっとガイゼルから離れようとする。

そこでふと、彼の腰にあった短剣が目に入った。その瞬間――吟遊詩人が歌っていた物語とルーヴィの言葉が、重なり合いながら脳裏にありありと甦る。

――《二人は高い塔の上から　寄り添い　いつでも民を見守っていた》

――《言葉を発せぬ　幼き　弱き精霊の声も　妃はその心で　受けとめてくれた》

――『とても懐かしいです……。あの塔の上に王様と王妃様がおられて』

（そうだ――あの場所なら……）

「ガイゼル様、王宮に行きましょう！」

「王宮？」

二人は慌ただしく邸を飛び出すと、馬に乗って夜の街を駆け抜けた。ニーナたちのような困窮者が苦しんでいる一方で、王都の大通りには煌々と輝く行燈が連なっている。

おそらくリナ王女の結婚祝いにと、前夜祭的な盛り上がりを見せているのだろう。

（同じラシーの中でも、こんなに差があるのね……）

王都の二面性に歪なものを感じつつも、二人はようやく王宮へと到着する。そのまま真っ直ぐ雑木林を突き進み、やがて懐かしい塔の前に立った。

それを見たガイゼルがようやく真意を察する。

「なるほどな。確かに高所であれば、建物の影響は少ないかもしれん」

「《精霊王》の歌を思い出したんです。それでここなら、と思いまして……」

そのまま二人は慎重に塔の入り口へと足を進めた。どうやらツィツィーがいなくなってからは本当に廃墟と化してしまったらしく、外には衛兵の姿すらない。

扉を開けると、中にはかつて使っていたベッドや机などが埃をかぶった状態で放置されており——それらの扱いにツィツィーはわずかに胸を痛めたが、今は感傷に浸っている場合ではない。

「あそこの階段から、最上階に上がれるはずです」

部屋の隅にあった鉄製の扉。劣化した鍵をガイゼルが叩き斬ると、扉の向こうには塔頂に上るための螺旋階段が続いていた。気の遠くなりそうなその道のりを、ツィツィーは息を切らしながら進んで行く。

だが中程を過ぎ、いよいよ外に出る扉に手をかけたところで——ツィツィーはぴたりと動きを止めた。

(そういえば私、この扉を開けてはならないと、お母様から言われていたような……)

それはツィツィー自身も忘れていたような、幼い日の呪縛。

恐ろしい力を持った末娘を、母親は寂れた塔に追いやった。

そして何度も言い聞かせた。


――「塔の上に出てはダメ。絶対に扉を開けてはダメよ」


それは高所に上がるのは危ないという、年端もいかない娘へのなけなしの優しさだったのかもしれない。または、忌まわしき子が人目に触れることを恐れたのかもしれない。

ただその呪いは今もツィツィーの中に、唯一母親と交わした約束として――根深く残り続けていたのだ。

あと一息というところで歩みを止めたツィツィーに、ガイゼルが声をかける。

「ツィツィー?」

(扉を……開けて、いいのでしょうか……)

もう子どもではない、大丈夫だ、と分かっているはずなのに、どうしても外に繋がる扉を開くことが出来ない。額に汗を滲ませ、次第に蒼白になっていくツィツィーをガイゼルが覗き込んだ。

「どうした。何があった」

「その……これを開けると、……お母様から、怒られてしまう気が、して……」

我ながら何を言っているのだと思いつつ、自然とそう呟いてしまう。

いよいよ恐怖に駆られ、ツィツィーはたまらず後ずさる――だがガイゼルはそんなツィツィーの手を取ると、自身の手と重ね合わせて扉に押しつけた。

「ガイゼル……様……？」

「ならば、俺が一緒に開けてやる」

繋がれた手に、ぎゅっと強い力が籠められる。

「もうお前は、この塔に閉じ込められていた頃の子どもじゃない。ヴェルシアの――俺の、大切な妃だ。それを阻むものは、俺がすべて斬り捨ててやる」

「……っ！」

その言葉を聞いた途端、ツィツィーの中に溜まっていたどす黒い何かが、ふわっと霧のように消え去った。改めて大きく息を吸い込むと、ツィツィーはガイゼルと共に自ら扉を押し開く――

「……！」

わずかに開いた隙間から突風が吹き込み、扉は一気に全開になった。

恐る恐る外に出てみると、しっかりとした石造りの床と屋根を支える柱が目に入る。昔灯していたのだろう、たいまつの燃え滓がそのままになっており——ツィツィーは導かれるように中央の物体に歩み寄った。

（なんでしょう、まるで墓標のような……）

そこにあったのは何やら文字が刻まれた石碑だった。大きさは両手のひらで覆える程しかなく、ツィツィーは誘われるように無意識に指を伸ばす。

その瞬間、表面に刻まれていた文字が青白く光った。

「——!?」

光は瞬く間に球体へと収束し、ツィツィーの目の前にぽわんと浮かび上がる。

澄んだ水色と青、そして紫の混じる美しい輝きに——ツィツィーはしばし目を奪われた。やがて光球は蝶のような姿に変わるとふわりとこちらに近づき、そのままツィツィーの胸元へと舞い下りる。

「……？」

慌ててその箇所に触れたが、特に異常はない。

光の蝶自体もどこかに行ってしまったのか、跡形もなくなってしまった。いつまでも石碑の前に立つツィツィーを不思議に思ったのか、ガイゼルが声をかける。

「ツィツィー？」

「あの、ガイゼル様、今の光はいったい……」

「光？」

どうやらガイゼルは気づいていなかったようだ。ツィツィーはそのあとも何度か確かめたが、やはりそれらしき名残は見つからず——すぐに本来の目的を思い出すと、外界とを隔てる手すりへと歩み寄った。

「これは……」

眼下に広がっていたのは、星空が鏡写しになったようなラシーの見事な夜景だった。

宵闇の中、王宮を中心に大通りにまで等間隔に明かりが灯っている。赤や橙、黄色といった彩りがまるで宝石のようにきらきらと散らばっており、そのどれもが息づくように小さく揺れていた。

美しい煌めきはラシーの王都を越え、港町ヴェリ・タリまで続いている。おそらく公道を照らすための街路の灯だろう。海岸線を描き出すような光の洪水に、ツィツィーは思わず嘆息を漏らした。

「綺麗……」

あの光の一つ一つに命があり、誰かが生きている。

そう考えるだけでツィツィーの胸は締めつけられるようだった。

（あんなに長い間、この塔で暮らしていたのに……こんな光景、一度も見たことがなかった……）

ガイゼルも初めての景色に驚いたのか、感心したように遠くを眺めている。いつまでも見ていたい気持ちだったが、ツィツィーはすぐにガイゼルへと向き直った。

「ガイゼル様……お願いします」

「……ああ」

吹き過ぎる夜風に光る銀の髪を遊ばせながら、ツィツィーはおずおずと手を伸ばす。やがてガイゼルのたくましい腕が、ツィツィーの全身をしっかりと抱きしめた。

彼の持つ匂い。心臓の鼓動。呼吸のリズム。

そのすべてを体中で受けとめたあと、ツィツィーは精神を集中させる。

（お願い……）

すると一拍置いて――膨大な量の『心の声』が、一斉にツィツィーの中になだれ込んできた。

『――今日も疲れたなあ、もう家に帰りたいよ』

『早く雨が降ってくれないと、もう田んぼが限界だ――』

『明日には水を買いに行かないと……』

『――もういやだ！　いったいどうしたらいいの⁉』

（――くっ……！）

ツィツィーは以前も一度、大人数の『心の声』を受け止めようとしたことがある。当時もやはり、頭が割れんばかりの情報量に圧し潰されかけた。

だが今回はその比ではない。

何せラシー国民すべての『声』から、姉一人を捜そうとしているのだから。

（これじゃ、誰のものか分からない……！）

無数に浮いては消えていくあらゆる本心が、まるで沸騰しているかのようにごぼごぼと立ち上る。激しい頭痛と猛烈な吐き気が容赦なく襲いかかり、ツィツィーは座り込みたくなるのを必死に耐えた。

いったいどうやって――この途方もない数の思考の中から、リナの消息を得ようというのか。

（苦しい……！）

それでも――と、ツィツィーは堪えるようにぐっと手に力を込めた。

すると頭上から、ガイゼルがぽつりと呟く。

「もっと近づいた方がいいか？」

「……え？」

そう言うとガイゼルは片手をツィツィーの頬に添え、上体を屈めて深く口づけた。突然のことに、ツィツィーの頭の中は一瞬で真っ白になる。

（……ガイ、ゼル……）

どこかからリィンと澄んだ音が響き、一面が美しい青色にぶわっと塗り替えられる。夏に輝く晴天のような。底まで透き通るナガマ湖の水面のような——。

するとと先程までそこら中を跋扈していた『心の声』が、嘘のようにしぃんと静まり返った。まるで冬のイシリスにいるかのような研ぎ澄まされた感覚に満たされ、いつの間にか頭痛も吐き気も消え去っている。

(不思議……なんだか、力が湧いてくるみたい……)

まるで自身がすべての支配者となったかのような空間で、ツィツィーはゆっくりと目を閉じると静かに周囲に耳を傾ける。やがて聞き覚えのある声が、ふわり、ふわりと淡く浮き上がった。

『——姉様、いったいどこにいるの——』

(これは、ナターシャお姉様の声?)

『リナ姉様、大丈夫なのかしら……』

(こっちはメイアお姉様……王宮から聞こえてくるみたい)

どうやら有象無象の中から、ツィツィーが聞いたことのある声だけが拾い上げられているようだ。初めて知る『受心』の能力に驚くツィツィーだったが、のんびり考えている時間はないとすぐにリナの声を捜し求める。

やがて大通り沿いのある一画から、焦燥した女性の声がした。

『――したら、……』

（この声は……！）

だがその刹那、ガイゼルが姿勢を戻すためにわずかに唇を離した。

「――ふ、」

（だ、だめ……！）

ツィツィーは、手がかりを失くしたくないと無我夢中で――そのまま両腕をガイゼルの首の後ろに回し、今度は自分から強く唇を押し当てる。

「――ッ⁉」

短いガイゼルの動揺が聞こえたが、ツィツィーはさらに彼にしがみついた。

一瞬硬直したガイゼルだったが、すぐに両腕をゆっくりとツィツィーの背中に回す。

足元に落ちる影は完全に一つの形になり――光彩陸離とした夜景を望む塔の最上階で、二人は互いにしっかりと抱き合った。

（お願い……もう一度だけ……）

すると――一度は消えかけた姉の声が、はっきりとツィツィーの耳に届く。

『どうしたらいいのかしら、早くここから逃げ出さないと……』

（――リナお姉様！）

すぐ位置にあたりをつけると、ツィツィーは回していた腕をあっさりとほどいた。

「ガイゼル様、行きましょう！」

「……あ、ああ？」

ぽかんとするガイゼルの手を取ると、ツィツィーは大急ぎで螺旋階段を下っていく。そのままあっという間に塔を出ると、二人は馬に乗って市街へと戻った。

（大通りの先、二つ目の角……！）

リナの『心の声』を聞き逃さないよう、ツィツィーはその間もずっとガイゼルの腕を摑む。やがて近くで断続的な姉の声を『受心』した。

『――見張りが、……ても、……』

（やっぱり、お姉様はここにいます……！）

「ガイゼル様、止めてください！」

ようやくたどり着いた先を、ツィツィーは改めて確認する。

王宮に程近い一等地に建てられたその邸には、朱と黒をあしらった立派な正門があり、覗くと瀟洒な中庭が続いていた。おまけに何人もの守衛が睨みを利かせている。どうやらかなりの有力者が住んでいるようだ。

「ガイゼル様、お姉様はこのお邸にいます」

「ここは……」

ツィツィーの断言に、ガイゼルがわずかに目を見張った。

その反応にツィツィーはあれと首を傾げる。

（もしかして、この家をご存じなのでしょうか？）

するとガイゼルは、近くを通りかかった男に邸にいるヴァンへの言伝を頼んだ。ツィツィーに「ついてこい」と告げたあと、件の建物を守る門番へと歩み寄る。

「悪いが、ここの主と話をしたい」

「失礼ですが、お約束は――」

「ヴェルシアのガイゼルが来た、と言えば分かるはずだ」

どうやら覚えがあったのだろう。ガイゼルの名を聞くなり、門番はすぐさま邸の中へと駆け込んだ。再び扉が開いた時には、邸の主が出迎えてくれたが――その人物に、ツィツィーは思わず目を見張る。

「これはガイゼル陛下。こんな時間にいかがされましたか？」

（どうして……この方が⁉）

現れたのは、暗い赤髪に特徴的な泣きぼくろを持つ――リナの婚約者である、ベルナルド・ウェラーだった。

「申し訳ありません、なにぶんバタバタしておりまして」

突然の訪問にもかかわらず、ベルナルドはツィツィーたちを快く応接室へ迎え入れてくれた。壁からは大きな鹿のはく製が突き出ており、木材と大理石を組み合わせた珍しい意匠のテーブルなど、ラシーというよりはヴェルシアの内装に近い印象だ。

勧められたソファに座ったあと、ツィツィーはさっそく本題を切り出した。

「あの、姉の――リナ王女のことなのですが」

「ああっ‼　……そうですよね、やはりツィツィー妃殿下もご心配ですよね……」

話を続けようとしたツィツィーを遮るように、ベルナルドは大仰に頭を振ると片手で顔を覆った。すぐにぐすっと洟をすする音が聞こえてきて、彼の瞳からは大粒の涙がぼろぼろと零れ始める。

「僕も東奔西走しているのですが、どうしても見つからなくて……。さすがにそろそろ休めと王宮の方から言われて、少し前にこちらに戻って来たんですが……やっぱり居ても立ってもいられなくて……。ああっリナ、君はいったい今どこにっ……！」

（ほ、本当に、泣いています……！）

身も世もない号泣にツィツィーはわずかにたじろいだが、すぐにガイゼルの腕に手を添えてベルナルドの『受心』を試みる。すると彼の強い猜疑心がむき出しになった。

『何故こいつらがうちに？　まさか、何かをかぎつけたか』

『いやそんなはずはない。捜査の目は上手くそらしていたはずだ、何かの偶然だろう』

（や、やっぱり姉はここに……！）

口ではあれ程リナの安否を心配していたというのに、心の底では焦燥する父王や大臣たちをあざ笑っていたのだ。本音と建前のあまりの違いに、ツィツィーはぞっと背筋を凍らせる。

「ベルナルド様……それは本気でおっしゃられていますか？」

「当たり前です‼ 婚約者が危険な目に遭っているかもしれないというのに、心配しないわけないじゃないですか！」

「その犯人が――あなただとしても、ですか？」

ツィツィーの追及に、俯いていたベルナルドはぱち、と睫毛をしばたたいた。

片手で顔を隠したまま、ゆっくりと顎を上げてツィツィーを見つめる。泣き濡れていたはずの瞳はとうに乾いており、冷たくこちらを睨みつけていた。

「……突然何をおっしゃるのですか、ツィツィー妃殿下」

「ですから、あなたが姉を誘拐したのではないかと――」

「何故、僕がそんなことをする必要があるのです？」

再びベルナルドの目がきゅっと細められ、眦からまたも一筋の雫が伝う。

「僕とリナは愛し合っていました……。それはツィツィー妃殿下もよくご存じでしょう？何ごともなければ、明日には幸せな結婚式を迎えていたはずだったのに……。根拠もなくリナを攫ったと疑うなんて……。妹君とはいえとんでもない侮辱です」

「そ、それは……」

確かにベルナルドの言う通り、彼にはリナを隠す動機がない。むしろ直近に控えている結婚式のことを考えれば、不利益しかないはずだ。

（でも、お姉様がここにいるのは間違いない……。なんとかして助け出さないと！）

しかし根拠は『心の声』が聞こえたからなどと返しても、鼻で笑われるか正気を疑われて終わりだろう。やがてツィツィーが反証しないことに勢いづいたのか、ベルナルドは畳みかけるように悲しむ素振りを見せた。

「本当に残念です……。ヴェルシアの母たる皇妃殿下であれば、これからラシーの女王となるリナとも、末永く良い関係が築けると思っていたのですが……。まさか王配となる僕がこうまで信頼されていないとなれば、それも難しいことでしょうね……」

「そ、そうではなくて、私は本当のことを」

「ですが僕にも、愛する人を守る責務があります。これ以上僕たちのことを侮辱するようであれば、もはや個人だけの問題ではない――ヴェルシアからラシーへの宣戦布告とみなされても構わないと？」

（ど、どうしましょう……！）

具体的な証拠もないまま乗り込んでしまったのはツィツィーの方だ。

完全に相手にやり込められ、室内は重々しい沈黙に包まれる。

するとツィツィーの隣で黙していたガイゼルが、ようやく口を開いた。

「少し落ち着いていただきたい、ベルナルド殿。我々は喧嘩を売りに来たわけではない。何より……それ以上は我が妻への恫喝とみなし、俺も黙っているわけにいかなくなる」

「これは失礼いたしました、ガイゼル陛下。いなくなったリナが気がかりで、先日から少し気が立っておりまして」

「分かってもらえればいい。妻も、姉君の失踪に不安を募らせているだけだ」

「そうでしたか……。しかしまさか、僕が犯人だと疑われるとは思わず……無作法をお許しくださいませ、ツィツィー妃殿下」

仲裁が入ったことで、ベルナルドの追撃は緩んだ。

だがこのままでは、彼が犯人である証拠が得られない。

（どうすれば、お姉様を助けられるの……⁉）

ひとり焦るツィツィーとは裏腹に、ガイゼルはふっと相好を崩した。

「国同士の話をするというのであれば、もっと有益な話がしたい。貴殿は以前ヴェルシアで商売を始めたいと言っていたな。……もし良いワインがあれば、今ここで見せてもらうことは可能だろうか？」

（ガイゼル様⁉）

姉について問いただすのかと思えば、何故か突然ワインの話を始めてしまった。

そんな場合ではないのに……と、ツィツィーはやや咎めるような眼でじっとガイゼルを見つめる。だがすぐにその真意に気づいた。

（そういえば『リグレット』の保管にはワインが必要だと……。もしかしてガイゼル様は、お姉様の失踪と水の汚染に関連があると睨んでいる……？）

不安を募らせるツィツィーをよそに、ベルナルドはきょとんと瞬いたかと思うと、すぐに嬉しそうに目を細める。

「もちろんですとも。しかし意外でした、陛下がワインをお好みでしたとは」

「ラシーにはヴェルシアにはない、珍しい銘柄が多いからな」

「なるほどなるほど。すぐにいくつか持ってこさせましょう」

「出来れば直接ワイン蔵を確認したい。保存状態はワインにとって重要だからな」

するとと先程までにこやかだったベルナルドが、ほんの一瞬顔を引きつらせた。

「……では少しお待ちいただけますか？　ガイゼル陛下に足をお運びいただけるよう片付けますので――」

「気遣いは無用だ。ただありのままを見せてくれればいい」

「ですが……」

『まずいな……あの場所は――』

（――！）

苦々しく呟かれたベルナルドの『心の声』を、ツィツィーは聞き逃さなかった。

ガイゼルの言葉に追従するように、すぐさま微笑む。

「まあ、素敵ですね。私もぜひ拝見したいです」

「ツィツィー妃殿下までそのような……。ただの物置きですから、何も面白いものはございませんよ？」

「そうなのですか？　実は今まであまりワインに関心がなくて……でも陛下がお好きなのでしたら、私も興味があります」

「妻もこう言っている。それとも――見せられない何かがあるのか？」

ガイゼルの試すような物言いに、ベルナルドはふっと目を細める。

「……とんでもございません。ではご足労いただきますが、どうぞこちらへ」

これ以上は不自然だと判断したのか、ベルナルドはにこやかに席を立つと二人を連れて廊下へと移動した。背後には使用人らしき人物がしっかりとついてきており、ツィツィーは警戒すると同時に、姉のいる場所を特定できないかと『受心』の機会を窺う。

やがて一行は、ワインセラーらしき一室に到着した。

「こちらが貯蔵庫です。うちで所有するすべてのワインを保管してあります」

そう言って示された木棚には、最高級品を示す荷札の貼られたワインがずらりと並んでいた。どれも王族御用達の逸品だろう。

だが彼ほどやり手の商人が、大切な商品を地下のワイン蔵ではなく、邸の一角に置いていることにツィツィーはかすかな違和を覚えた。

あれこれと説明するベルナルドの背後にも似たようなガラス瓶が置かれていたが、そちらには目立った添付がない。どうやら庶民向けの安いワインのようだ。

「どれもかなり値は張りますが、良い品質のものばかりです。もしも陛下がお望みでしたら、何本かご自由に持ち帰っていただいても結構ですよ」

「ほう、それはありがたい」

（ガイゼル様、いったいどう切り込むつもりなのでしょう？　ベルナルド様が『リグレット』を所有している確証などないのに……）

するとガイゼルは藍色に金の装飾がなされた、棚の中でも最も高額なワインを選び取ると、ゆっくりと角度を変えて眺めた。そのまま鉛のシールに覆われた瓶口を握りしめると――安価なワインが並ぶ棚めがけて、勢いよく投げつける。

「――!?」

（へ、陛下――!?）

棚にあった瓶同士がぶつかり、派手な破砕音とともにガラスが粉々に飛び散った。ガイゼルの突然の暴挙に、ツィツィーとベルナルドは驚き目を見張る。しかし当の本人は平然とした様子で割れた破片のもとに歩み寄ると、床から何かを拾い上げた。

手にしたそれを確かめたあと、ガイゼルはベルナルドに向き直る。

「これは『リグレット』だな？」

見れば割れたワイン瓶の中から、珍しい形状の植物が大量に覗いていた。どうやらそれが『リグレット』らしい――とツィツィーが目をしばたたかせていると、ベルナルドは取り繕うように弁明する。

「……『リグレット』とは何のことでしょう？　大体このワインは、ただ仕入れただけの商品なのでうちとは何の関係も……。そうです、すぐに生産者に確認をして調査を――」

「これが売り物だとすると、それもまた奇妙な話だな」

「ど、どういうことです……」

「そもそもお前の家は、ワインを取り扱えないはずだ」

そう言うとガイゼルは一枚の紙をベルナルドに突きつけた。それは以前ヴァンに調べさせた『ラシーのワイン組合構成員』のリストで――ベルナルドの家名はどこにも記載されていない。

「……いつの間にそのようなことをお調べに？　ガイゼル陛下もお人が悪い。確かに今は未加入ですが……近々うちの商会も参加しようと、動いていたところなのですよ」

「ほう？」

「これはそれとは別の、同業のレルタ家からの預かりものです。倉庫に空きがないから、一時的に保管しておいてほしいと頼まれて」

「地下のワイン蔵もない家にか？　第一そのレルタ家から、半年ほど前にお前がこの安物のワインを大量購入したと聞いた。いつも来客用のものしか頼まれなかったから、奇妙だと印象に残っていたらしい」

ふっと微笑むガイゼルの様子を見て、ベルナルドはわずかに下唇を噛む。

だがすぐに片手で顔を覆うと、ふふ、ふはは、と堪えきれないという笑いを漏らした。穏やかに細めていた目を見開くと、前髪をかき上げながらゆっくりとねめつける。

「さすがはヴェルシアの『氷の皇帝』。まさかこんなに荒っぽい手に出るとは」

そしてベルナルドは、低く「おい」と発した。

ツィツィーたちの背後にいた使用人たちが、一斉にナイフを構える。

「俺たちを殺すか？　さすがに言い逃れ出来なくなるぞ」

「まさか。捕らえたあとで、ゆっくりと味わわせて差し上げます。この『リグレット』が入った『特別に』強い水をね……。そうすればいくらあなた方の意志が強かったとしても、すべて忘れてしまうでしょう」

そう言うとベルナルドは、くいと顎を持ち上げた。

それを合図に使用人たちが襲いかかってくる。ガイゼルはすぐにツィツィーを背後にかばうと、懐から短剣を取り出し対峙した。

「ガイゼル様！」

「大丈夫だ。お前は俺の後ろにいろ」

頼もしいその言葉通り、ガイゼルは向かってくる敵を次々といなし、ばたばたと昏倒させていく。その光景を目にしたベルナルドは、素早く一歩後ろに下がると、壁に下がっていた紐を勢いよく下に引いた。けたたましい鐘の音が邸内に響き渡る。

その召集の合図に従い、中庭や建物内を見張っていた手下たちが次々と貯蔵庫へと駆けつけてきた。その数は相当なものだ。

「いいか、生きたまま捕らえろ」

「はっ!!」

「――ふっ、随分と舐められたものだな」

余裕の表情を浮かべて命令するベルナルドに、ガイゼルは挑発するように口角を上げる。しかしかなりの手練れなのか、二人、三人と相手どっているうちに、ツィツィーたちは少しずつワインセラーの隅へと押されていった。

どこかに逃げ場はないかとツィツィーは周囲を見回したが、外に面した窓はベルナルドの背後にしか見当たらない。

（どうしましょう、このままでは……）

必死に武器を探すがそれらしいものはなく――やがて手斧を持ったひと際屈強な男が、

ガイゼルに向かって片腕を振りかぶった。とっさに短剣を横に構えて受け止めたガイゼルだったが、当たり所が悪かったのかガキィンと耳障りな金属音を立て、弾かれた短剣がしゅるると床の上を滑っていく。

「……くっ、」

再び手斧を振りかざす男の腹めがけて、ガイゼルは力の限り拳を打ち込む。すると倍の体重はありそうな巨漢が、そのまま壁際に積まれた木箱の山まで吹き飛ばされた。あまりに規格外の力に驚いたのか、ベルナルドが眉を上げる。

「さすが『戦の天才』と呼ばれるだけはある。剣技も体術も一流ですね」

「黙れ」

ちっ、と舌打ちしながらガイゼルが体勢を戻そうとする。だがそのわずかな一瞬――棚の陰から現れた新手がガイゼルに強く体当たりした。同時に、ガイゼルの胸に短刀を突き立てるのが見え、ツィツィーはたまらず絶叫する。

「ガイゼル‼」

「――ッ……！」

その場にしゃがみ込んだガイゼルを見て、優位を取ったと確信したベルナルドは、とどめをさせとばかりに顎を上げた。ガイゼルを守らなければと、ツィツィーは凶漢たちとの間に割って入ろうとする。

だが伸びてきたガイゼルの腕によって、すぐに止められた。

「ガイゼル様⁉」

「俺の後ろにいろ、と言っただろう」

ガイゼルは痛手をものともせず立ち上がると、ベルトからルーヴィの宿る短剣を引き抜くと、斬りかかってくる男たちにその切っ先を向ける。

「邪魔だ‼」

戦神の再来とも謳われた『氷の皇帝』――その咆哮に手下たちは震え上がった。

その圧倒的な剣技によって武器を弾かれ、動きを封じられ、やがて最後の一人が床でがくりと気絶したところで、はあ、はあと荒々しく息を吐き出しながら、ガイゼルは手の甲で口元を拭う。

あまりにも鮮烈な戦いぶりにツィツィーはしばし呆気に取られていたが、すぐに彼を襲った刃を思い出し、ガイゼルの胸元を確かめた。

「ガイゼル様⁉　さ、先程の怪我は……」

「怪我？　ああ、それなら――」

そう言うとガイゼルは襟元から、細い鎖のついたそれを取り出した。ツィツィーは、あっと大きく目を見張る。

「これは……」

「どうやら本当に守ってくれたらしい」

それはツィツィーがガイゼルのために贈ったアルドレアの護符だった。

ただし中央の宝石を取り囲む銀細工が歪曲し、見事に原形を失っている。

「助かった。お前のおかげだ」

「ガイゼル様……」

嬉しさと安堵のあまり、ツィツィーはじわりと涙を滲ませる。ガイゼルもまた穏やかに微笑みを返そうとした――がすぐにツィツィーの背中に手を回すと、ぐいっと自身の方に引き寄せる。

次の瞬間、バンッと何かが破裂するような音が床を穿った。

「おや、鋭いですね。絶対に気づかれないと思っていたのですが」

「……貴様、何を」

再び鬼のような形相を浮かべたガイゼルに、ベルナルドは小さな金属製の筒先を向ける。その直後、大きな火花と同時に鼓膜を震わす爆音が生じた。音のした方を振り返ると、石で出来た床材が粉々に砕け散っている。

「これは剣や槍に代わる新しい武器と言われています。海向こうの大陸で、つい最近実用化されましてね」

「……銃か」

「さすがガイゼル陛下、ご存じでしたか。ですが本物を見るのは初めてでしょう？」

そう言うとベルナルドはさらに続けて発砲する。ツィツィーはガイゼルから強く抱きすくめられ、その場を動くことすら出来ない。

「素晴らしいですよねえ。非力な僕でもこうして、戦いを優位に進められる」

「……っ」

「おっと、動かない方が良いですよ。まだまだ試作段階ですから、あまり上手く狙いが定まらないのです。あなたの大切な皇妃殿下に当たってしまうかもしれません」

ダァン、とけたたましい音がして、二人のすぐ足元が爆ぜた。恐怖のあまりがたがたと肩を震わせるツィツィーを、ガイゼルはなおも自身を盾にしてかばおうとする。

「ガ、ガイゼル様、危険です」

「いいから頭を下げて、隠れていろ」

「で、でも……」

半泣きになりながらツィツィーが首を振るも、ガイゼルは頑としてその体勢を崩そうとしない。かばい合う二人の姿を前に、ベルナルドはすうっと目を細めた。

「麗しき夫婦愛ですね。心配しなくても、順番に仕留めて差し上げますから」

「貴様……ッ！」

「ではまず、足から」

ベルナルドはためらうことなく銃口をガイゼルに向け、そのまま引き金を引く。先程までの硬質な音ではなく、何かを抉るような嫌な音にツィツィーは息を呑んだ。

「ガイゼル様……‼」

「――ッ……！」

どうやら狙いがずれたのか、弾は足ではなくガイゼルの腕をかすめていた。袖にはじわりと血が滲んでおり、ガイゼルは憤怒の顔つきのままそこをわし掴む。一方ベルナルドはまるで狩りを楽しむ貴族のように、楽しそうに目を細めた。

「うーん、やっぱり照準がずれますね。反動も大きすぎて、上手く手首を固定できそうにありません。まだまだ改良が必要のようです」

「ベルナルドさん、もう、……もうやめてください……」

「ああツィツィー妃殿下。そう焦らずとも、あとでじっくりお相手いたしますよ」

酷薄な笑みを浮かべると。ベルナルドは再度ガイゼルに狙いを定めた。

ツィツィーは懸命に身を捩るが、負傷した身のどこにそんな力が残っているのかという頑強さで、ガイゼルは絶対に動こうとしない。

（このままでは……このままでは、ガイゼル様が……‼）

守られるだけの無力さと情けなさで、ツィツィーはぎゅうっと拳を握りしめる。

やがてベルナルドがゆっくりと指先を曲げた――その瞬間。

彼の背後にあった窓ガラスが、ばしゃんと豪快な音を立てながら、四方八方にきらきらと弾け飛んだ。同時に、逆光に照らされた人影が勢いよくワインセラーになだれ込む。

「――なっ⁉」

「――っよっと‼」

背後からの奇襲に、ベルナルドは訳も分からず振り返った。

するとその顔面に、細く鋭い女性用ヒールが深々と突き刺さる。

そのあまりの衝撃にベルナルドは後転し、石床に後頭部をしたたかに直撃させたかと思うと、あっさり気を失った。

（い、いったい、何が……）

突然のことに混乱するツィツィーたちをよそに――絶体絶命のピンチを一瞬にして覆したその人物は、傷ついたヒールの踵を上げてため息をついている。

「やだ欠けちゃったわ。これお気に入りだったのに」

「ど、どうして……」

驚きのあまり言葉が出てこないツィツィーは、ぱちぱちと何度も目をしばたたかせた。

負傷していたガイゼルもまた、痛みなど忘れてしまったかのように呆然とその場に立ち尽くしている。そんな二人の様子に気づいたのか、彼女は「あら」と口角を上げた。

「またお会いしましたわね、ガイゼル陛下。ツィツィーも」

の人であった。

「どうして、リナお姉様が⁉」

堂々たる風格で微笑(びしょう)を浮かべる——それは紛(まぎ)れもなく、行方不明であったリナ王女その人であった。

ヴァンが兵士を連れて邸に急行した時には、ワインセラーの中はすでに大惨事(だいさんじ)だった。気絶したベルナルドと手下たちがそれぞれ縛(しば)り上(あ)げられるのを見ながら、リナはうーんと大きく伸びをする。

「改めまして、ご協力に感謝いたしますわ。ガイゼル陛下」

「……説明してもらおう」

ツィツィーの手を借りながら、腕の応急処置を終えたガイゼルが、不機嫌(ふきげん)そうに眉を寄せる。どこか険悪な二人の様子をツィツィーははらはらと見守った。

「どこから話せばいいかしら……とりあえず今ラシーは大変な状態にありまして」

「『リグレット』による汚染のことか」

「……それは、どういう意味ですの？」

王宮から配布された水によって、南地区の住民が中毒症状に苦しんでいる——という旨(むね)をリナに伝えると、どうやらそれは知らなかったのかリナの顔つきはすぐに険しく変貌(へんぼう)する。

「まさか、そんなことになっていたなんて……」

「それよりどうして、お前はここに囚われていた？」

「わたくしは……この男の、悪事の証拠を探していたのです」


事の始まりはおよそ一年前、ツィツィーの離婚騒動があった頃。

ヴェルシアの皇帝がたった一人で妻を迎えに来る――そんな二人に感化され、それまで後継としての自覚が薄かったリナは、ふと気になって国の現状を大臣らに質してみたらしい。

するとどういうわけか皆挙動不審になり――嫌な予感がしたリナは、すぐにすべての公文書を自身の目で確認したそうだ。

「我が国は、明らかによくない方向に進んでいました。他国への人口流出、不作による税収の減少……本来なら民の暮らしを守るため、率先して国が動かねばならないところを、お父様はなんの手も講じていなかったのです」

それどころか、ラシーの特権階級である王族や貴族ばかりを贔屓するような政策を乱発、しわ寄せは民に押しつける――そうした悪政がずっと前から、さも当然のように続いていたのである。

もちろん中には国を憂い、諫める大臣もいた。だが父王はそんな臣下に対して強く怒り、時には懲罰を与えることすらあったという。結果として、ラシー王の采配に異を唱える者は、誰一人としていなくなっていたのだ。

「ですが歪な政治はいつか破綻します。実際ラシー王家は、表向きは優雅に振る舞いながらも、国内外の貴族らから多額のお金を工面してもらっていたようです」

「借金、ということか」

「ええ。ですが、利息などでいよいよ立ち行かなくなって困っていたところ——ウェラー家が支援の申し出に来たのです」

当主であるベルナルドは、余所から借りている借金をすべて肩代わりすると言ってきた。返済は元本だけでいい、母国ラシーの力となりたいのですという甘言につられ、父親はすぐさまその話に飛びついた。

「根本的な解決策を講じることもなく、お父様はその後も湯水のようにお金を使いました。その結果、ベルナルドへの負債は増えに増え……それに比例するように、あの男の王宮での発言力は増していったのです」

そんな頃、リナとの婚約話が持ち上がった。

今考えてみると、ベルナルドの融資なくして生きていけなくなった父王が、その繋がりを断ちたくない一心だったのか——もしくは彼を王家に取り込むことで、積み重なった借金の棒引きを狙ったのか。

「もちろん、ウェラー家とは手を切るようお父様に進言しました。ですがそんなことをすれば路頭に迷う、国を追われてお前の母親も、妹たちも住む場所を失うのだと返され――わたくしは婚約破棄を言い出すことも、それ以上追及することも出来ませんでした……」

だがこのままではいけない、とリナはたった一人でベルナルドについて調べ続けた。

そこで、ある一枚の文書を発見したのだという。

「それは国庫に納入される米についてのものでした。ここ最近、今まで使っていた業者にウェラー家が取って代わっていたのですが……気になってその現物を調べに行ったのです」

すると倉庫に保管されていたのは、従来よりも明らかに品質の劣る屑米。

しかし書類には『特級品』だと記されており、なんと父のサインまで入っていた。慌てて関係各所に確認したが、経緯を把握している者はおらず……リナの中で『これは偽造された書類ではないか』という結論に達したそうだ。

「わたくしは当然、ベルナルドが黒幕であると考えました」

リナは何とか罪を認めさせようと試みたが――

「いくら追及しても『書類は整っている。紛れもなくラシー王が認めた証だ』と言い返されました。お父様がどこまで抱き込まれているか分かりませんでしたし、作られた書類もあまりに精緻で……彼を糾弾できる程の証拠にはならなかったのです」

言葉を巧みに操るベルナルドの口から真実を語らせることは出来ず——それどころか逆に、国への融資を引き揚げるぞと脅されたのだという。

「そうなればラシー王家はすぐにでも崩壊するだろうと言われ……わたくしは仕方なく、彼が望むよう振る舞い続けました。仲睦まじい婚約者のふりをして近くにいれば、いつかは彼の悪事を暴く機会を得られるかもしれない、と考えたのです」

そうして隙を窺っていたリナだったが——ある日突然、そろそろベルナルドとの結婚式を挙げてはどうか、と父親が言い出した。

「何かと不穏な国内を、祝いごとで少しでも安心させたかったのでしょう。わたくしの制止も聞かず、お父様はあっという間に日取りを決め、各方面へ招待状を出してしまった。

……まさか、あなたまで来てくれるとは思っていなかったけど」

「お姉様……」

「おかげでこうして助かったのだから、そこだけは感謝しないとね」

本当に夫婦になれば、いよいよラシー王家はベルナルドに逆らえなくなる。

事態は逼迫するばかりだが、リナはベルナルドの告発を諦めなかった。そしてついに先日の宴の際——ベルナルドが招待客らしからぬ風体の男と、王宮の片隅で話しているのを目撃したという。

「その男が協力者ではないか、とわたくしは疑いを持ちました。翌日ベルナルドとその男が客室に向かっている姿を見かけ、急いで後を追ったのです」

漏れ聞こえた会話を聞く限り、男は写実的な描写を得意とする画家のようだった。王宮を訪れたのは、ベルナルドの伝手を頼りに上流階級に顔を売るのが目的らしい。

だがこの時代、有力な支援者に恵まれることは難しく――金繰りに苦労していたその画家も糊口をしのぐため、ベルナルドからある『汚れ仕事』を請け負っていた。

「それが書類の偽造――ベルナルドはお父様のサインを模倣し、あらゆる品物を自分に都合のいいようにごまかして王宮や王都に納めていた。……でもまさか、毒を入れた水までばらまいていたなんてね」

元々ラシー王宮で絶大な力を持ちつつあったベルナルド。さらに完璧に模倣された書類の真贋はおいそれと判定出来ず、文官らのチェックを簡単にすり抜けた。

「で、では、お姉様はそれを知って……」

「ええ。すぐにしかるべき手を打とうとした。でも焦っていたわたくしは、つい警戒を怠ってしまったの。盗み聞きしていたところをベルナルドに気づかれて……そのままこの二階に拉致されていたのよ」

「二階……」

その言葉に、ツィツィーは全壊した窓を確認する。見れば窓枠の向こうに、いくつかの結び目があるカーテンがぶらんと垂れ下がっていた。まさか――と考えていると、ガイゼルが同じことを口にする。

「外を伝って脱出しようとしたところ、一階の窓をぶち破った、ということか」

「その通りよ。あなたたちが騒いでくれたおかげで、部屋にいた見張りが全員出て行ってくれたの。本当にお礼を言わないとね」

「ふっ……それはこちらの台詞だな」

優雅なドレスと高いヒールで仁王立ちするリナと、傷だらけのまま苦笑するガイゼルの視線がぶつかった。とんだイレギュラーはあったものの、姉も無事に戻って来たし、『リグレット』の隠し場所も突き止められた、とツィツィーはほっと胸を撫で下ろす。

床に散らばる瓶の残骸を見て、ツィツィーは「そういえば」とガイゼルを見上げた。

「ヴァン様から手がかりを聞いていたとはいえ……もしこれが『リグレット』入りではなく本当にただのワインだったら、どうなさるおつもりだったのですか？」

「その時は、ヴェルシアから欲しいワインを好きなだけくれてやる」

「まあ」

まさか本当に、なんの確信もないままあの賭けに出たというのか。

彼がかつて『尊大で傲慢な皇帝』だと部下たちから揶揄されていたことを思い出し、ツィツィーは少しだけ苦笑した。

すると部屋の隅から小さなかすれ声が聞こえてくる。

「……くそっ、なんて女だ……」

どうやら意識を失っていたベルナルドが目を覚ましたようだ。

平然とした様子のリナを睨み上げ、苦々しく口にする。

「どうして平常心を保っている？　あなたにはあの水を与えていたはずだ……。見張りの報告ではすっかり弱っていたと」

「あら、やっぱり危険なものだったのね。王族ですもの、出されたものをむやみに口にしないわ」

「……っ、……式までおとなしくしていれば、解放してやったというのに」

「でもその時は――『物言わぬお人形さん』になっていたのでしょう？」

リナはふっと口角を上げると、ベルナルドの前に歩み寄った。蹴りつけられて大惨事になっている彼の美貌を見つめながら、ごめんなさいねと眉尻を下げる。

「まあ、着地点を見誤ったのは謝るわ。でもあなただって、わたくしの婚約者として散々いい思いもしてきたでしょうし」

するとベルナルドは、くくくっと嗤笑した。

「誰がこんな、小さな国だけで満足すると思っている。あなたとの結婚だって、ただの足がかりに過ぎないんですよ……！」

「……どういう意味？」

「分からないのですか？　そもそもどうして僕があの水をばらまいたのか。……それを『治す』方法を知っているからです」

床に伏し拘束されていてもなお、ベルナルドは余裕の笑みを浮かべている。

その不気味な態度に、リナは苛立ったように詰問した。

「まだ何か隠しているの？　これ以上――」

だが二人のやりとりを見ていたガイゼルは、突然はっと息を呑み込むと、ぎりっと奥歯を噛みしめた。

「違う――まだ終わっていない」

ガイゼルはそのまま素早くヴァンたちに指示を出す。

「すぐに残っている水源に行き、不審なものがないか調べろ。安全が確認出来るまで誰にも水を飲ませるな！」

「はっ、はい！」

「ちょっと、どういうこと⁉」

「思い出した……『リグレット』は、強力な『兵器』としての面も持っていることを」

「兵器、というと……」

「『リグレット』を用いられた戦場で最も恐れるべきは……兵たちの生命線である飲み水に混入されること。……おそらくこいつの狙いはラシーの国民すべてだ。配布された水だけではなく、井戸に『リグレット』を混入させた疑いがある」

「……！」

大きく目を見開いたリナは、うずくまるベルナルドの胸倉を摑み上げた。

「どうしてこんなことを！」

「どうしてって……あなたのためでもあったのですよ、リナ」

「……なんですって？」

「あなたのお父上の暗愚さに、ラシー王宮はすでに信頼を失いつつある。折しも、突如国や来賓たちを襲う謎の病、なんの知識も持たずうろたえるだけの無能な大臣たち――そんな時、若き王配が愛する妻のため、優れた頭脳で『救い』の手を差し伸べる……。国民は深く感謝し、新しい女王とその相手に新たな忠誠を誓うでしょう――」

ベルナルドはまるで夢見るように目を細める。

「そうして僕は王配として確実な地位を手に入れ隠れ蓑とし、また別の国々で新しい『金づる』を摑む。そうやってラシーは『裏』から周辺国のすべてを支配していくのです」

「……！」

（なんてことを……！）

そこでツィツィーもようやく、ベルナルドの真の目的に気づいた。

事前に水を流通させていたのは、症状の恐ろしさを国民に植えつけるため。

だがベルナルドの言う『治す方法』が真実かは分からない。なにせほとんど現存せず、その正体すら知る者の稀な植物だ。生かさず殺さずという苦痛を味わわせ続けることだって——。

(だからこそ、病を広げるタイミングを待っていた……?)

あまりに早くから被害者が増えてしまうと、リナとの縁談が立ち消える恐れがある。だから婚姻がほぼ確実なものとなるまで息を潜めていた。

そうして時宜を待ち続けた結果、日照りのせいで使用できる水源が限られるという事態が生じ、さらには結婚式を前に周辺諸国から多くの要人が集まる——というお誂え向きの舞台が整ったのだ。

こんな中で汚染水が一気に広まれば——とんでもない事態になるのは火を見るよりも明らかである。だが——

「……お姉様、大丈夫です」

「ツィツィー?」

「ガイゼル様が、この植物について知っていました。今すぐ対応すれば、きっとまだ間に合います!」

ベルナルドの唯一の誤算は『リグレット』の存在を知るガイゼルが、偶然にもラシーを訪れていたということだろう。ツィツィーの言葉を受けたリナは、ベルナルドの襟元から乱暴に手を離すと、すぐに踵を返した。

「王宮へ行きましょう。わたくしたち王族が、この事態を食い止めないと」

「は、はい！」

ツィツィーは思わず返事をしてしまい、すぐにガイゼルの方を見た。彼は何も言わずにかすかに微笑むと、静かにリナを見つめる。

「俺は混入がないか、市街を確認して回る。……ツィツィーを頼んだぞ」

「分かったわ」

最後にちらりと視線を交わし、ツィツィーたちはベルナルドの邸を出た。

リナが操る馬の背に乗り、二人は大通りを走り抜け王宮へと向かう。執務室の扉を勢いよく開けると、失踪した娘の突然の帰還に父王がぎょっと目を剝いた。

「リ、リナ⁉　無事だったのか、いったい今までどこに」

「お父様、すぐに対応をお願いしたいことがあります」

「な、なんの話だ」

そこにさらに、官吏の一人が転がり込むように駆け込んでくる。

「へ、陛下、ご報告が！」

「何ごとだ！　今はそれどころでは……」

「ひ、東地区と西地区の住民が、謎の体調不良を訴えてきていると……」

「お、お姉様……！」

蒼白になるツィツィーの様子に、リナもぐっと唇を噛みしめる。

「この騒ぎは王宮が無償で配布した水から始まっています。わたくしたちは一刻も早く、その責任を取らなければなりません」

「なっ……ふざけるな！　国の失態などありえん！」

「ですがこれが現実です。おそらく病人の数はさらに増えます。すぐに王宮を、臨時の受け入れ先として開放してください」

「ならん！　今王宮には、他国からの来賓が多く滞在しているのだぞ！」

「さっさと帰ってもらえばよろしいでしょう？　どうせ結婚式はなくなるのですし」

「なっ⁉　それはどういう――」

「お父様、私からもお願いします！　今は国としての体面を守るのではなく、民の命を救うのが最優先です！」

「ぐっ……」

ツィツィーの援護射撃を受け、父王は言葉に詰まった。

その様子を見たリナは、大臣の一人に視線を向ける。

「たしか王宮の奥に、王族のみが使用を許されている泉がありましたわよね？　あれを今すぐ開放してください」

「ば、馬鹿を言うな！　最後の命綱だぞ⁉︎」

父王は勢いのまま言い返したものの、すぐにうっと黙してしまう。その間にも各地からの報告が詰めかけ、あまりの騒動に王宮内に滞在していた客人たちも「何ごとか」と様子を見に集まってきた。

煮え切らない態度の父親に、リナがいよいよ柳眉を逆立てる。

「……いい加減にしてくださいお父様。あなたはこのまま、自分の民たちを見捨てようというのですか？」

「あの水を分け与えるわけにはいかん！　我々王族や貴族はその血を絶やさぬよう、長く生きながらえることが肝要で――」

頑なに己の主張を続ける父王だったが、いよいよ感情の発露が追いつかなくなったのか――胸に秘めていた本音がツィツィーのもとにかすかに飛び散った。

『い、いやだ！　……のことなど……だっていい……』

『……らなかった！　……か、あの水に……が入って……とも』

『……しは、悪くない……、わた……は……っ！』

（……っ……）

その瞬間――ツィツィーの心の奥で、小さな宝石が割れた音がした。

否(いな)、本当はもうとっくにひびが入っていたのだろう。

これまで父王には逆らうことが許されなかった。恐怖で支配されていた。

それが――ぱし、ぱき、と音を立ててようやく砕け散る。

(お父様……)

やがてツィツィーはこくりと息を呑み込むと、すっと父王の前に歩み出た。

場の空気が一瞬にして変わり、リナと父王は思わず口をつぐむ。

「それは違います、お父様。私たちは……信頼してくれる民がいてこその王族です」

「ツィツィー……?」

「民のためを思い、自らが先頭に立って戦う。それが本当の『王』というものの在り方なのではないでしょうか」

かつてガイゼルとともに、国(ヴェルシア)を追われた日のことを思い出す。

あの時ツィツィーは、玉座(ぎょくざ)というものの不確かさ、恐ろしさを嫌というほど味わった。

絶対だと思っていた足場が崩れ落ちるのは、あんなにもたやすいことなのだと。

(でもガイゼル様は……民を、国を助けるために、自ら危険な場所へと戻った……)

一度は奪われかけた国であったとしても――そこに住まう民のため、ガイゼルは先陣(せんじん)を切って剣を取り、敵を倒(たお)し、見事にヴェルシアを守り抜いた。

ツィツィーとただ二人で生きるためならば、あのままイシリスで暮らすことだって出来たはず。だがガイゼルはヴァンが——たった一人の民が助けを求めに来たあの瞬間、ヴェルシアの皇帝に立ち返ったのだ。

きっとそれは、彼の持つ生来の矜持。

国を守り、育て、愛する『王』としての覚悟。

「守るべき民なくして、王など必要ありません。お父様が自らが王だと、真に国のためを思うのであれば……どうか事実を認め、一刻も早く国民の命をお救いください」

誰よりも小さく、姉たちとは違った見目の異色の末姫。

だが凛とした声で告げるその姿は——堂々たる大国ヴェルシアの皇妃であった。

室内は静寂に包まれ、誰もが固唾を呑んでラシー王の返事を待つ——が、彼は結局最後まで命を発しようとはしなかった。やがて業を煮やしたリナが、脇にいた大臣の一人に告げる。

「今すぐ国中に布告しなさい。市中にある水を飲むのをやめ、安全が確認出来るまでは、王宮が提供する水のみを使用すること。飲水後、体調を崩した者があれば、すみやかに診療所か王宮に申し出るようにと」

「は、はいっ！　……し、しかし、陛下のご判断は……」

「責任はすべて、次期ラシー国王であるわたくしが取ります。つべこべ言わず、さっさと動きなさい！」

元々美人であるリナが、真剣に怒った時の剣幕はそれはそれは恐ろしく、大臣重臣以下執務室に詰めていた官吏たちは、我先にと王宮を飛び出していった。ようやく動き始めた事態にツィツィーが安堵していると、その肩をぽんとリナが叩く。

「まさか、あのいじめられっ子のあんたから、叱責される日が来るなんてね」

「リナお姉様……」

「でも目が覚めたわ。そうよ、わたくしたちが民を守らずして、誰がラシーを助けてくれるというのかしら」

そう言うとリナは、真っ直ぐに父王を見つめた。

その視線は娘でも、王女でもなく――『王』となる人間の気風に満ちている。対して父王は悄然と俯いたまま……それを目にしたリナは、どこか寂しそうにぽつりと呟いた。

「お父様、……残念です」

「……」

がらんとした執務室に、リナの悲しみだけが零れた。

だがリナに指揮権が移ったところで、事態はそう簡単に収束するはずもなく——ベルナルドの邸を出てから数時間が経過した頃、王宮内は未曽有の混乱に陥っていた。

井戸に混入された『リグレット』の拡散はとどまる所を知らず、さらに被害者の数はツイツィーが想定していたより遥かに多かった。みるみる病人で埋め尽くされていく回廊に、不安だけが蓄積されていく。

駆り出された侍医や町医者なども片っ端から処置に当たるが、圧倒的な水と物資の不足で怒号が飛び交っている有様だ。

「解熱剤、どこだ！」

「早く水を、水を持ってきてくれ！」

（……まさか、ここまで被害が広がってしまうなんて……）

そんな中、次期女王のリナだけがてきぱきと指示を飛ばす。

「重症者は客室へ。今いる来賓の方には、すぐに帰国をお願いして頂戴。結婚式？　あんな奴もうとっくに別れたわよ！」

「別れた⁉」

「ナターシャ、周辺国へ緊急援助の要請を。備蓄の水と薬を分けてもらって」

「わ、分かりました！」

「メイア！　さっさと働きなさい、今はいくらでも人手が欲しいの」

「は、はいっ‼」

いつの間にか次女と三女まで巻き込まれ、まさに姉妹総動員で救護に当たっている。ツイツィーもまた次から次へと運ばれて来る患者に対応し、献身的に世話を続けた。

だが王宮にある泉以外の、ほぼすべての井戸が汚染されていたらしく、不調を訴える者の数は加速度的に増えていく。やがてぽつぽつと諦観を孕んだ声が上がり始めた。

「リナ様、もう薬が……」

「代用できるものは？　王宮の倉庫にあるものはすべて出して構わないわ」

「水を求める市民が、正門前に列をなしております！　早く配ってほしいと……」

「汲み上げを急がせて！　ヴェリ・タリにも貯水槽があったはずよ。人を派遣して、持ってきなさい」

冷静だったリナの声にも次第に焦りが滲み始める。

そんな中、さらに悪い知らせが伝えられた。

「リ、リナ様、この騒動で王宮に不満を持った市民の一部が暴動を！」

「……っ、被害は？」

「幸いすぐに収まったようですが、騒ぎを鎮めようとしたヴェルシア兵たちに、怪我人が出たとの報告が……」

「そ、それは本当ですか⁉」

ヴェルシア、という言葉にツィツィーは思わず立ち上がり様子を見に行こうとする。

だがすぐ周りに阻まれ、リナからも制止をかけられた。

「今、外に出るのは危険よ」

「ですが……！」

そう話しているうちにも新しい患者が運ばれて来る。目の前で苦しむ人を放ってはおけず、ツィツィーはすぐに現場に戻った。しかし心の中では、ガイゼルの無事を祈るばかりだ。

（どうしましょう、もしもガイゼル様に何かあったら……）

やがて――危惧していた最悪の事態が、想定していたよりもずっと早く訪れた。

「リ、リナ様……。王宮の泉が……、もう限界だと……」

「……っ」

大臣の報告に、リナはぎりと唇を噛みしめた。

続けて隣にいたナターシャが、息を切らせながら口にする。

「ま、周りの国にも聞いてみたけど、乾季のせいでどこも水が不足していて……ラシーに回すまでの余力はないって……」

「ヴェリ・タリから連絡がありました。貯水槽はここ数カ月の日照りで、もう空っぽだそうです」

「ウ、ウタカで砂塵嵐が発生しており、同盟国から陸路での輸送は難しいと……」

「……」

矢継ぎ早にもたらされる凶報に、さすがのリナも言葉を失っていた。ツィツィーもまた懸命に打開策を講じるが、解決に繋がる妙案は思い浮かばない。誰も口にしないが、王宮内にはただ絶望だけが漂っていた。

（ラシーは……どうなってしまうの……）

呻く人の声を聞きつけ、ツィツィーはふらつく足取りで対策本部が置かれた執務室を出た。いつの間にか夜明けを迎えたのだろう、東の空が白くなっている。

（ガイゼル様……）

黎明の空が見せる絶景の美しさとは裏腹に、苦しむ民の手を握ることしか出来ない無力感で、ツィツィーの胸にはただ悲しみだけが込み上げる。

すると——人の足音とは違う、力強い蹄と車輪の音がかすかに聞こえた。

気のせいかと思い顔を上げる。

だが幻聴ではなく、それは確実にツィツィーのいる王宮へと近づいてきていた。

（荷車？　馬車、の音……？）

少しだけ容体の落ち着いた患者を起こさないよう、ツィツィーは慎重にその場を立ち上がる。悲嘆と失意に満ちて声も上がらない回廊を進み、すっかり涸れ果てた溜め池の横を通ると正門の外へと足を向けた。

　南国ラシーといえど、夜明けの空気はひんやりと透き通っており――そんな中を、馬に乗った誰かが駆けて来る。

「……っ……！」

　顔までは分からない。だがはっきりと近づきつつある『心の声』の温かさだけで、ツィツィーはそれが誰だかをすぐに理解した。やがて彼の背後から差し込む払暁の光が、潤んだツィツィーの瞳をきらきらと輝かせる。

「ガイゼル様……‼」

「ツィツィー！」

　正門前に到着したガイゼルはすぐに馬を下り、その勢いのままツィツィーを強く抱きしめた。ツィツィーも喜びのあまり力いっぱい抱擁を返すが、腕の怪我を思い出し慌てて手を離す。

「す、すみません！　痛かったですか⁉」

「問題ない。それより、待たせて悪かった」

「い、いえ！　そういえば、街で暴動があったとか」

「みな浅傷だ。大したことはない」

　良かった、と心からの安堵を滲ませるツィツィーに、ガイゼルはふっと微笑みかける。

「それから、ようやく間に合った」

「……？」

するとと先頭を走っていたガイゼルに遅れて、大通りを縦断する一団が現れた。率いるのはヴァンを含めたガイゼルの腹心たち。その後ろには荷馬車の大群が続いている。勇ましく鳴り渡る車輪の音に、ようやく王宮からも人が姿を見せ始めた。

驚きに目を見張ったリナが、戸惑いながらガイゼルに歩み寄る。

「ガイゼル陛下、これはいったい……」

「受け取れ」

そう言って差し出された一枚の書類を、リナは恐る恐る手に取った。

だが読み進めるにつれ、少しずつ頰に赤みがさしていく。にわかに生気を取り戻したその様子を前に、ガイゼルもまた穏やかに目を細めた。

「ヴェルシアから——我が愛する妻の故国への贈り物だ」

「っ……！」

堪えきれなくなったのか、先程まであれだけ気丈に振る舞っていたリナが、片手で口元を押さえると、みるみるうちに瞳を潤ませる。背後にいた大臣たちが目録を確認するとそこには——水、医薬品、病人食といった支援物資がずらりと書き連ねられていた。

「追加もすぐに届く。足りない分もそれで補えるだろう」

「──感謝いたします」

ガイゼルの言葉を受け、リナはすぐさま大臣らに号令をかけると、物資の配給に当たらせる。あまりの展開に驚いたツィツィーは、慌ててガイゼルを仰いだ。

「ガイゼル様、いったいいつの間にこんな手配を」

「ヴェリ・タリで見た女の様子が気になってな。念のため鳥を使って、ランディに連絡を取っていた。干天が続いているという話は港でも耳にしたからな」

「そ、そんなに前からですか⁉」

「──ええ。おかげでヴェルシア王宮は上を下への大騒ぎです」

聞き覚えのある声が割り込んできて、ツィツィーはすぐさま振り返る。

見ると荷物を載せた馬車の馭者席に、エレナの兄であり、今は王宮勤めをしているルカ・シュナイダーがちょこんと座っていた。

「ルカ様、いらしていたんですか！」

「ランディ様から、責任持ってラシーに届けよと。以前仕事で何度かこちらを訪れたことがありましたので、白羽の矢が立ったようです」

「そうだったんですね。ですがよくこんなに大量の水……」

「ヴェルシアは今、冬ですからね」

「あ、雪が……」

その言葉にツィツィーは目からウロコが落ちる思いだった。

とはいえ、日数のない中での準備はそれなりに大変だったらしく、溶かした水を飲料に適するまで沪過したり、各地から必要な物資を取り寄せたりと、ルカの人脈をフルに活用してかき集めた支援品らしい。

遠くヴェルシアの民たちが、ラシーのために懸命に動いてくれた姿を想像し、ツィツィーはまたも涙を滲ませる。

「本当にありがとうございます、もう打つ手がないと思っていたので……」

「それでしたら、ぜひ彼にもお礼を言ってあげてください」

そう言うとルカは、隣の荷馬車へと視線を向けた。

ツィツィーが首を傾けると、アルドレアの港で知り合ったマルセル・リーデンが、相変わらずびくびくとした様子で座っている。

「マルセル様！」

「お、お久しぶりです、皇妃殿下……」

「ここまで早く運搬できたのは、リーデン商会の全面協力あってのことです。素晴らしい船と船長のおかげで、予定より随分早く着くことが出来ました」

「ありがとうございます、マルセル様……！」

嬉しさのあまり、ツィツィーはマルセルの手を取り心からの感謝を述べる。マルセルは一気に赤面し、ぎこちなく視線をそらした。

「そ、その、皇妃殿下には命を助けていただきましたし、それに……っ、強い男たるもの、人助けは当然、だと思いますので……」

その返事を聞いたツィツィーは思わず目を細める。

そんな二人をほんの少しだけ睨みつけていたガイゼルは、王宮前にずらりと並んだ物資と共にリナを振り返った。

「ここからが正念場だ」

「……望むところだわ」

ガイゼルのなかば挑発のような物言いに、リナもまた毅然と言い返す。すぐにガイゼルに背を向けると大きく腕を広げ、優雅に、それでいて勇ましく微笑んだ。

「さあ――戦いを始めましょう」

過去の自分にお別れです。

それからはまさに、ラシーの歴史に刻まれるであろう数日間だった。

汚れた水に苦しむ民を救済し、安全な水を各家庭に配布して回る。以前からの摂取で強い中毒症状が見られる者に対しては、回復するまで王宮で治療を続けた。

また国中の井戸や水源を調査し、浄化できないものに関しては封鎖。ヴェルシアの最新技術を織り込んだ、より取水量の多い井戸を新たに複数基鑿井した。

リナは朝から晩まで寝る間を惜しんで官吏らに指示を出し、残る二人の姉たちもいつしか不平不満を言うことすら忘れて、病人の世話に専念するようになった。そんな姉妹らの姿を見て、現国王に怒りを覚えていた国民たちは、振り上げたこぶしをほんの少しだけ収めてくれたようだ。

ツィツィーもまた当然、献身的に接した。

ほとんど公に顔を出したことのないツィツィーを、ラシーの王族であると知らなかった者も多く、その外見の違いから奇異の目を向ける人もいた。

だがこの国難において、誰よりも長い時間病人に付き添い、優しく声をかけてくれる姿はまさに天使のようだ――と忌避する声はあっという間に無くなったという。

そうして時間は流れ――予定通りであれば、姉の結婚式が行われていたであろう日から三日後。ようやく落ち着きつつある病人たちの様子を、ツィツィーがほっとした表情で見回っているとガイゼルが姿を見せた。

「ツィツィー、少しだけ時間を取れるか」

そう言って連れて来られたのは、ベルナルドの邸だった。

今回の騒動の主犯として拘束されているため、当然彼自身の姿はない。

かつて死闘を繰り広げたワインセラーには、ガイゼルが粉砕した瓶の残骸とリナが蹴り割った窓ガラスの欠片がそのまま残っていた。

何故か先客としてマルセルがおり、ツィツィーに気づくとぺこりと頭を下げる。役者が揃ったところで、ガイゼルが一枚の紙を取り出した。

「この貯蔵庫から見つかった。マルセル、見覚えはあるか？」

「と言われましても、こんなぼくに何が分かると……――あああっ⁉」

大声を上げたマルセルは、ガイゼルが取り出した書面を両手で摑むと、かつてないほど肩を震わせた。ツィツィーがそろそろと覗き込むと、そこには達者な文字で『アーロン・リーデン』と書かれている。

「もしかしてこれは……」

「ち、父のサインです！　ど、どうしてこんなものがここに⁉」

「これ一枚だけではない」

ガイゼルはその言葉通り、最前のサインとそっくり同じ筆致のものを、五～六枚まとめてマルセルの前に差し出した。よく見れば契約内容の記載はなく、サインだけがあらかじめ記されているようだ。

「ベルナルドはラシー王のサインを画家に偽造させていた。おそらくこれも、同じ画家の手によるものだろう」

一緒に残されていた資料を見る限り、ベルナルドはヴェルシアだけではなく北方全域の市場を占有したいと画策していたようだ。そんな野望において、海路の要衝アルドレア港とそこを押さえるリーデン商会の存在は、まさに目の上のたんこぶだったに違いない。

「で、では、やはり父は無実……」

「最終的には、イグザル側の判断に任せるしかないだろう。だが……証拠として必ず役に立つはずだ」

そう言うとガイゼルは、残る書面もマルセルへ手渡した。

突然のことにしばし呆然とそれらを眺めていたマルセルだったが、やがて茶色の瞳をみるみる潤ませたかと思うと、大粒の涙を流して号泣する。

「……ありがとうございます、……ありがとう、ございます……!!」

ぐしゃぐしゃに頬を濡らすマルセルを見て、ツィツィーとガイゼルは互いに顔を見合わせ、ほっと安堵の笑みを浮かべるのだった。

そして二人がヴェルシアに戻る日がやって来た。

南下するには適していた海路だったが、ヴェリ・タリからアルドレアに北上するのは風向き的に難しくなる。だが幸い砂塵嵐が収束したという一報が入ったため、マルセルらと共に陸路でヴェルシアに帰ることとなった。

ラシーの王宮前で、帰り支度を整えたツィツィーたちが待機していると、リナやナターシャ、メイアら姉たちと大臣らが見送りに現れる。リナはガイゼルの前に立つと、深々と頭を下げた。

「改めて、この度の多大なご支援に感謝いたします。おかげでラシーは少しずつですが、安定を取り戻していけるでしょう」

「俺はあくまでも物資を運んだだけだ。その後の働きはお前の采配によるものだろう」

「それでもヴェルシアの助けなくして、民たちを救うことは出来ませんでした。本当に……ありがとうございます」

すっかり女王然としたリナに、ガイゼルがふっと口角を上げる。そんな二人の様子を感慨深くツィツィーが見つめていると、リナがこちらへと向き直った。

「ツィツィー……いえ、皇妃殿下にも心よりの感謝を申し上げます。……あなたのおかげでラシーが救われたわ」

「い、いえ、私は何も」

「ずっと救護に当たってくれたでしょう？　それにあのお父様に向けてはっきり言ってくれて、本当にすっきりしたの。おかげでわたくしも、覚悟が出来たみたい」

「覚悟、ですか？」

「ええ。……わたくしは近いうちに、正式に女王の座に就こうと思っています」

その言葉にツィツィーは目を丸くする。一方リナは「当然でしょ」と言わんばかりの余裕の笑みでふふんと目を細めた。こういう表情は昔と全然変わらない。

「本当はずっと、お父様の傲慢なやり方に嫌気がさしていたの。あなたをヴェルシアに捧げるといったあたりから、それがいよいよ強くなって……でもずっと逃げていた。わたくしが本当に王となれるのか、民を導いていけるのか不安で……」

「お姉様……」

「でも一年前ヴェルシアから戻ってきたあなたは、わたくしたちの嘲りを前にしても毅然とした態度で立っていた。ナターシャとメイアは気づいていないようだったけど……ヴェルシアで何かが変わったのだと、わたくしはその時に思ったのよ。そうしたらまさか——あの皇帝陛下が、たった一人であなたを迎えに来たものだから、もうびっくりして。ああ、そういうことかって」

当時の衝撃を思い出したのか、リナはふふっと口元に手を添えた。ツィツィーもなんだか恥ずかしくなりこっそりと俯く。肝心のガイゼルは、ヴァンと話し込んでいるため聞こえている様子はない。

「——愛する人が出来たのね」

「……はい」

「わたくしが、こんなことを言える立場ではないと分かっているのだけれど、それでも……嬉しかったわ」

やがてリナは姿勢を正すと、ツィツィーにそっと頭を下げた。

「今更謝って許されることではないと分かっているわ。でもどうか、言わせてほしい。……あなたにずっと嫌な思いをさせて、ごめんなさい」

「リナお姉様……」

「わたくしが……わたくしたちが、あなたに対してしてきたこと。それは決して忘れて良いものではない。許してもらおうとも、許してほしいと思う権利もない。……でもけじめとして、あなたに伝えておきたかったの」

一度砕けたガラスは、どう繋ぎ合わせても元通りにはならない。自分たちがツィツィーにつけた傷は絶対に消えない。こんな言葉で謝ったところで、すべてを白紙に出来るような単純なものではない。だから――

「きちんと行動する。あなたがいつか、わたくしたちを許してもいいと思ってくれるように……ずっと努力を続けるわ。もちろん許さなくてもいい。嫌いなままでいいから……ラシーに帰って来た時は、少しでいいから顔を出して」

「……はい。お姉様」

するとリナはほっと安堵の表情を浮かべると、少し離れた位置で気まずそうにしている妹二人を呼びつけた。

「ナターシャ、メイア、あなたたちも言うことがあるでしょう？」

「まさかこんな大ごとになっているなんて気づかなくて……。それからあの……宴の時は、意地悪なことをして悪かったわね」

「あたしもごめんなさい、その……ドレス……」

「それに関しては、新しいものを仕立てて改めてヴェルシアに贈るわ。もちろんかかった分は、メイアに働かせるわね」

「リ、リナお姉様ー⁉」

「あらなに？　女王陛下の命令に逆らうつもり？」

なんでもありませぇん……とがっくりうなだれるメイアの姿に、自然と四人の中に笑いが生まれる。その輪の中に自分が存在していることに、ツィツィーは喜びと不思議さを感じていた。

（私が……こんなふうに、お姉様たちと笑い合える日が来るなんて）

そうしてひとしきり感謝と謝罪を述べたあと、ナターシャとメイアはいまだ王宮に残る患者たちの元へと戻っていった。二人になったところで、ツィツィーは小声で「あの」とリナに尋ねる。

「お父様たちのご様子は……」

「……お父様はあれからずっと、部屋に引きこもっているわ。食事はとっているから、元気はあると思う」

「そう、ですか……」

「お母様もショックでご自分のお部屋に……まあ、元々あまり心の強い方ではないしね」

今はまだ、被害者の救済と国民への支援が最優先になっているが――日常が戻るにつれて、今回の事態を招いた父王への批判は一気に高まるだろう。そうなれば責任の追及は免れられまい。

「わたくしが女王になる決意をしたのは、そういう意味でもあるのよ。もちろんそれで、彼らが許してくれるかは分からない。……もしかしたら、わたくしたちも含めて断罪されるかもしれないわ」

「そんな……！」

「そうならないために、これからも精いっぱい『王族』としての働きを見せるしかないのよ」

するとリナは、ツィツィーに向けてすっと手を差し出した。

「でもそれはあなたも同じでしょう、ツィツィー。いえ、ヴェルシアの皇妃殿下？」

「……はい」

「お互いの民を守るため――これからも、頑張りましょう」

幼い頃ずっと自分を見下していた姉と、今ようやく同じところに立っている。

ツィツィーはおずおずと手を伸ばすと、しっかりと握り返した。

「……もちろんです。リナ女王」

そうして王宮での挨拶を終えたあと、ツィツィーとガイゼルは長らく世話をかけたヴァンの叔父の邸へと赴いた。当初は廊下に溢れる勢いで運ばれてきた病人たちも今では全員回復し、ほとんどが元の生活に戻っているという。

邸に残っていたニーナが、ツィツィーに向かって頭を下げた。

「ツィツィー様、いえツィツィー皇妃殿下。この度は本当にありがとうございました」

「ニーナ、元気になって良かったわ」

以前よりも随分明るくなった顔色に、ツィツィーの涙腺はじわりと弛んだ。そのままニーナの前に立つと、ぎゅっと彼女の両手を握りしめる。

「ごめんなさい、今までずっと会いに来られなくて……」

「とんでもございません。わたしの方こそ、何度もお手紙をいただいていたというのに」

「王宮を出て、受け取れなかったのだから仕方ないわ。こうして無事でいてくれた、それだけで……」

途端にラシーでの大変だった幼少の記憶が甦り、ツィツィーはついにぽろぽろと涙を零し始めた。頰をぬぐうことも忘れ、ニーナに向かって懸命に微笑む。

「ちゃんと、お礼が言いたかったの。今まで私を育ててくれて……ありがとう」

「ツィツィー様……」

「家族から見離されていた私を、周りと見た目が違った私を……ニーナはいつも受け入れてくれた。ニーナが傍にいてくれたから私、ここまで生きてこられたんです……」

姉たちからいじめられて、雑木林の隅に隠れていた時も。

王族のパーティーに、ツィツィーだけ呼ばれなかった時も。

大臣やその補佐たちからすら、存在しない者のように扱われていた時も。

そして、ガイゼルと出会ったあの夜も。

ニーナだけはいつもツィツィーのことを捜してくれた。

気づいてくれた。見つけ出してくれた――愛してくれた。

「ありがとう、ニーナ……。ありがとう……」

するとそんな泣き顔のツィツィーを見て、ニーナもまた瞳を涙で滲ませた。そっとツィツィーの頭に触れると、まるで子どもにするようによしよしと撫でてくれる。

「お礼を言うのはわたしの方です。わたしの方こそ、ずっとツィツィー様に救われていたんですよ」

「私、に……？」

「はい。こんなわたしのことを、あなたはいつだって、きらきらとした目で追いかけてくださった。そのことがどれほど嬉しかったか」

早くに夫に先立たれ、子どももいなかったニーナは困窮の日々を送っていた。そんな時、王宮の皿洗いとして雇ってもらったはずが突然『末姫の世話役をしろ』と命令され、大いに戸惑ったそうだ。

王族付きといえば、ある程度身分のある子女しかつけない役目。おまけに上の三人の姉たちは気性が荒く、侍女を次から次へとおもちゃのように取り換えているという噂だ。

きっと自分もすぐに、不興を買って首にされてしまうだろうとニーナは覚悟した。

だが実際に接した末姫は、とても心根の優しい子どもだった。

「ご家族に会えなくて寂しい思いをしても、ずうっと一人で我慢しておられました。それどころかわたしが落ち込んでいたら、お花や手紙をくれて……なんて強くて、お優しい方なのだろうと思っておりました」

引き合わされた当初は、ラシーの民とは似ても似つかぬその見た目にニーナも驚いた。確かに王族としては隠しておきたい——半幽閉にされているのも、そのためだろうとすぐに理解した。

だが髪や目の色こそ違えど、ツィツィー自身は決して厭われるような子ではなかった。

他の姉たちのように、わがままで侍女に八つ当たりをしたり、身分の上下で人を見下したりもしない。母を慕う寂しさで泣き、ニーナが笑えば一緒に微笑む——そんな素直なツィツィーと過ごすうち、自分にも少しだけ価値があるように思えた。

「ニーナ、ニーナと笑うあなたが愛おしくて……。お綺麗に成長されてからも、本当にずっと、わたしの誇りの姫様でした……。だからこそ、遠くヴェルシアに行かれると聞いた時は、もうどうしたらいいかと、言葉もなくて……」

「ニーナ……」

「でもお別れをお伝えする時間もないまま、すぐにヴェルシアに発たれて、わたしもその

まま王宮を解雇され……。いったいあちらで、どれほどの苦労をされているのかと思うと
ずっと心配で、心配で……」
不安そうに眉尻を下げるニーナの姿にツィツィーは涙の跡をぬぐうと、ようやくふふっ
と目を細めた。
「……そうだ、まだ紹介していませんでしたね。こちらがガイゼル様。ヴェルシアの皇
帝陛下で――私の旦那様です」
突然話を振られ、隣にいたガイゼルはぎょっと身構えた。だがじいっと見つめてくるニ
ーナを前に、軽く咳払いしてからゆっくりと頭を下げる。
「ガイゼル・ヴェルシアだ。この度の快癒、心よりお祝い申し上げる。それから……その
……ツィツィーを守り続けてくれたことに、俺からも礼を伝えたい」
「ヴェルシアの……皇帝、陛下……？」
「あなたが傍にいてくれたから、ツィツィーはこんなにも素晴らしく、真っ直ぐな女性に
育ったのだろう。おかげで俺は彼女と出会い、今日この日までを生きることが出来た。本
当に……感謝しています」
自分が誰に頭を下げられているのか、ニーナは最初分かっていないようだった。
だがはにかむツィツィーとその隣にいるガイゼルを何度も見返すと、ようやく「まあ
ー！」と口元に手を当て、目をいっぱいにまで見開く。

「あなた、あの、本当にヴェルシアの？　ど、どうしてそのような方が、こちらに」

「ニーナに会うために、一緒にラシーまで来てくださったのよ」

「えっ……えええっ⁉」

噂に聞く冷酷無比の『氷の皇帝』と、今目の前にいる気難しそうな顔の男が同一人物であると、ようやく思考回路が繋がったのだろう。ニーナは一気に蒼白になると慌てて後退し、その場に深くひれ伏した。

驚いたツィツィーがすぐさま起こしに駆け寄ったものの、中毒とは違う熱でうなされたようにうんうんと唸っている。ようやく顔を上げ、ツィツィーをじっと見つめていたかと思うと嬉しそうに目を細めた。

「良かった……良かったです、ツィツィー様……。ちゃんとあちらで、幸せになっておられたんですね……」

「ニーナ……」

「お二人の様子を見れば、わたしにもなんとなく分かります。きっととても素敵な時間を過ごされてきたのでしょう？　あの塔にいた時よりも、ずうっと幸せそうなお顔をしておられますもの」

やがてニーナは、かつて王族付きの女中だった頃のようにきっちりと背筋を伸ばすと、ガイゼルに向かって真っ直ぐにお辞儀をした。そのままの姿勢ではっきりと――次第に涙声になりながら、祝いの言葉を口にする。

「ガイゼル陛下、このような下賤の身に、もったいなきお言葉をありがとうございます。ツィツィー様は、わたしの自慢の……本当に自慢の、大切な姫様です。どうか、……どうかこれからも、よろしくお願いいたします……」

肩を震わせながら懸命に頭を下げるニーナを見て、ガイゼルは静かに微笑む。

「もちろんだ。俺のすべてをかけて一生守り抜く。だから安心しろ」

迷いのないその返事に、ニーナは顔を上げると再び嬉しそうに口元をほころばせた。そのままツィツィーに向き直ると、ぎゅうっと包み込むように両手を握りしめる。

――幼い頃によくしてくれた仕草を思い出し、ツィツィーは懐かしむように微笑んだ。かつて
「すっかり遅くなってしまいましたが……ツィツィー様、ご結婚おめでとうございます」

「……ニーナ」

「どうかお幸せに……。わたしはいつでも、どこにいても、姫様の幸せをずっと願っておりますからね……」

「ええ……ありがとう」

そうして二人はまた顔を見合わせて、幸せそうに笑うのだった。

やがて移動の時刻が迫った頃、ツィツィーがニーナに切り出した。

「その……ずっと考えていたのだけれど、ニーナさえよければ……ヴェルシアで一緒に暮らさないかしら？」

「わ、わたしがですか？」

「育ててもらったお礼もしたいし、ラシーに一人で残しておくのが心配で……。もちろん陛下にはちゃんとお許しを貰っていますから」

　ニーナはその言葉に、隣にいたガイゼルを見上げる。相変わらず無愛想だが心なしか色好い返事を待っているような様子に、ニーナは「あらあら」と両手を頬に添えた。だがしばらく逡巡したあと、ツィツィーの手を取ってそっと口を開く。

「お気持ちはとても嬉しいのですが……わたしはここに残ろうと思います。遠くまで旅する体力もありませんし、何よりここには夫のお墓があるので、彼を置いていきたくなくて……」

「そう、ですよね……ごめんなさい、突然」

「でも安心してください。こちらのお邸で人手が足りないから、掃除婦をしないかと言われているんです。お給金もいただけるらしくて」

「本当ですか⁉」

　慌てて顔を上げると、ヴァンとその叔父がにこにことこちらを見ていた。ツィツィーはぱあっと花が咲くように笑うと、ぎゅっとニーナの手を握り返す。

「また必ず会いに来ます。だからそれまで、体に気をつけて」

「ツィツィー様こそ、無理はなさらないでくださいね」

そこで一瞬押し黙ったニーナが、意を決したように口を開いた。

「あの、ツィツィー様。わたしのような者がこんなことを言っていいかは分からないのですが……良ければ最後に王妃様と、一度お話をされてはいかがでしょうか？」

「お母様……と？」

「はい。塔に幽閉されても、会いに来てくださらなくても……ツィツィー様はずっと、王妃様を慕っておられました。当時のわたしはあのお姿を見る度、どうにかして王妃様とお話させてあげられないかと、苦しくて……」

「でも……お母様は私とは……」

「もちろん、複雑なお気持ちがあるでしょうからご無理は言いません。でもこんなに立派になられたのです。王妃様も、きっと喜んでおられると思いますよ」

「……」

途端に陰ったツィツィーの表情に気づいたのか、ニーナは静かに微笑んだ。

「大丈夫、自信を持ってください。何があってもわたしはずうっと姫様の味方です。どんなに遠くにいても、ツィツィー様の幸せを心の底から祈っていますから」

「うん。……ありがとう、ニーナ」

最後に二人で抱擁し、ツィツィーはようやくニーナとの別れを終えた。

街の市門へと移動すると、関係各所に挨拶回りを終えたルカとマルセルが、撤収の都合で先に発つところのようだった。

「それでは陛下、私たちはこれで」

「ああ」

がろがろと音を立てて荷馬車や台車が引き揚げていく様を見送ったあと、ツィツィーたちも用意されていた馬車に向かおうとする。だがツィツィーはふと立ち止まると、前を歩いていたガイゼルに声をかけた。

「あ、あの、少しだけここで待っていていただけませんか？」

「ツィツィー？」

「ちょ、ちょっと王宮に……すぐに戻りますから！」

そう言うとツィツィーは、真っ直ぐ大通りを駆け戻った。王宮の正門から溜め池を通り抜け、すっかりなじみとなった回廊を足早に通り過ぎる。その途中何人かの女中や使用人たちとすれ違ったが、皆「どうしてツィツィー妃殿下がお戻りに？」と驚くばかりだ。

やがて到着した扉——母親の部屋の前で、ツィツィーははあ、と切れ切れの息を吐き出した。ツィツィーの突然の登場に王妃付きの侍女たちは目を白黒させており、やがて恐る恐るという風に口を開く。

「も、申し訳ございません、ツィツィー妃殿下。王妃殿下はご不例で、面会は難しいかと……」

「ここで大丈夫です。すみませんが、少しだけ席を外していただけますか？」

侍女たちがさっと控えたのを確認し、ツィツィーは胸に手を当てると大きく深呼吸した。

そのままそうっと扉に片手を添え、中にいる母親に向かって語りかける。

「お母様、聞こえていますか？　もう耳にされていると思いますが、今日ラシーを発ちます。……長い間、本当にお世話になりました」

相変わらず返事はなく、ツィツィーの胸は圧し潰されそうだ。でも——。

——『ツィツィー様はずっと、王妃様を慕っておられました』

（私はずっと、自分の気持ちから目を背けていた。お父様のことだけじゃない……お母様のことからも）

ニーナからもたらされたあの言葉に、忘れかけていた感情が揺さぶられる。

目の前には固く閉ざされた扉——その厳然さが、リナを捜すため塔の最上階に上った時の記憶と重なる。

（あんなに重たい鉄の扉だって、私はちゃんと開けることができた。だからきっと、大丈夫——）

自身の手に、ガイゼルの大きなそれが重なっている姿を思い描き、ツィツィーはもう一方の手も強く扉に押し当てる。そうしてずっと言えなかった言葉——謝罪を口にした。

「お母様……怖い思いをさせて、ごめんなさい」

「……」

「心が読まれるなんて、きっととても驚かれたと思います。だからお母様が私を遠ざけたことは仕方がなかったと……今なら分かります」

たとえ血が繋がっていたとしても。本当の母と子であったとしても。

すべてのことを分かり合い、受けとめ合えるわけではない。

「でも、寂しかったのも、本当です。だから……何もかも元通りになるなんて、思っていません。ただ……どうしても、これだけは言いたくて」

「……」

「お母様、……私を生んでくださって、ありがとうございました……」

こんな能力いらないと、何度も自身を呪った。

こんな見た目は嫌だと、伸びていく髪が恨めしかった。

「おかげで私はニーナと、そして……ガイゼル様と、出会うことが出来たから」

この能力があるから、どれだけ愛されているのかを知った。

この見た目のおかげで、彼と出会い、そして自分のことを好きになった。

「私、今、とっても幸せなんです。だから――」

その時、扉の向こうでカタンと小さな物音がした。ツィツィーがすぐに口を閉じると、数秒ほどの空白が訪れたあと、か細い母親の声が聞こえてくる。

「ごめん、なさい……」

「お母様……？」

「……謝らないといけないのは、わたしの方……」

変わらず扉は開かない。

ただようやく耳にした母親の言葉に、ツィツィーは懸命に息を凝らす。

「突然、自分の考えていることを言い当てられて、どうしたらいいか分からなくて……小さかったあなたに、とっさに残酷な言葉をぶつけてしまった」

「……」

「あなたをひどく傷つけたと分かっていたのに……わたしは見て見ぬふりをして、あなたを孤立させた。……あなたが他の誰かから、嫌な言葉を浴びせられないためだと、必死に自分に言い聞かせて……」

「嫌な言葉、ですか？」

「……このまま周囲と共にあれば、いつかあなたの力を知った誰かが、わたしのように、あなたを傷つけるのではないかと、思って……」

（閉じ込めたのは、私のため……だった？）

その言葉にツィツィーは幼い頃の記憶を思い出した。

母親に能力を知られたあと、ツィツィーはすぐに家族や家臣たちと引き離された。当然それ自体は許されざる行為ではあったが、そのおかげでこの不思議な力が人に知られずにすんだ、というのは一理ある。

もしもあのまま過ごしていれば成長するにつれて、母親以外からも強く差別視されただろう。そうなればツィツィーの居場所は、今以上に過酷なものだったに違いない。

でも、と母親は続ける。

「……それはただの言い訳だわ。結局わたしは、わたし自身が可愛かっただけ……。不思議な力を持つあなたを生み、それを周りから――あなたから責められることに、怯えていただけなの……」

王妃としての使命。それは立派な後継者を生み育てること。

当時のラシー王家では女子の誕生が続き、次こそは男子と望まれていたのだろう。

それなのにいざ生まれたのは変わった見た目の末姫。それだけで周りからは失望の声もあったというのに――そのうえ奇妙な力まで備わっていると分かれば、母親への非難が強まるのは明らかだ。

「――『どうして私を、こんな風に生んだの』とあなたに罵られる夢を何度も見たわ……。わたしはあなたに恨まれていると思うと怖くて、ずっと目をそらし続けていた。そのうちに陛下がヴェルシアへの話を持ってきて……その時すら、わたしは何も言えなくて……。本当に最低な、母親だわ……」

「お母様……」

「ごめんなさい……ごめんなさい……」

なんとなく、扉を介したすぐ向こうに母がいる気がして、ツィツィーはこつんとこめかみを扉に押しつけた。そのままそっと目を閉じる。

「大丈夫です、お母様」

「……」

「先程もお伝えしましたが、私、今とっても、幸せなので――」

すると廊下の向こうで待機していた侍女たちが、ああっと小さな声を上げた。ツィツィーがはっと顔を上げると、ガイゼルが堂々とした足取りでこちらに近づいてくる。

「へ、陛下、どうしてこちらに」

「ここか、王妃の部屋というのは」

ちらと向けられたガイゼルの視線に、ツィツィーはつい反射的に頷いてしまう。だがその直後、以前のガイゼルの怒りを思い出してぎくりと硬直した。

（ま、まさか、本当に扉を壊しに⁉）

だがツィツィーの心配とは裏腹に、ガイゼルはすっと扉に正対すると静かな声音で話し始めた。

「扉越しで失礼する、母君。あなたが何故、自らの娘を厭うのはか分からない。だが……俺にとっては、大切でかけがえのない妻だ」

「ガイゼル様……」

「ツィツィーを傷つける者は、たとえ実の母親であったとしても許しはしない。それだけ、伝えておきたかった」

そう言うとガイゼルは、そっとツィツィーの片手を取った。『心の声』を聞かずとも分かる、大丈夫かと励ますような眼差しを見て、ツィツィーはぎゅっとその手を握り返す。

最後にもう一度だけ扉の方を向いて微笑んだ。

「お母様……どうか、お元気で」

ツィツィーは穏やかな声でそれだけを伝えると、ガイゼルと一緒にその場を立ち去る。

繋がれたままの手は相変わらず大きくて――ツィツィーはガイゼルが迎えに来てくれた喜びを、強く嚙みしめたのだった。

「陛下、ここにおられましたか」

そうして母との別れを終えたツィツィーが王宮の正門から出たところで、ヴァンが姿を見せた。出立前の最後の打ち合わせをするためガイゼルを捜し回っていたらしく、そのままの場所で話し込む。

すると柵に寄りかかるように立っていた男が、ふらりとツィツィーの元に歩み寄った。

その姿を見て、ツィツィーはまあ、と声を上げる。

「リーリヤさん！」

「覚えていてくださいましたか、ツィツィー妃殿下。この度は大変なことで」

聞けばリーリヤは、リナ王女誘拐犯の一味として、つい先程まで王宮の片隅に拘留されていたらしい。リナ自身はずっと前に帰還していたにもかかわらず、それからの大騒動で存在をすっかり忘れられていたようだ。

「食事だけは貰えていたので助かりましたが……もう遠慮したいですね」

「ふふ、大変でしたね」

「ですがリナ王女も無事に戻られたとのことで、本当に良かったです」

ふわっと微笑むリーリヤの顔に、数日間囚われていた疲れは一切見られない。

やがてツィツィーに向かって、ゆっくりと手を伸ばした。

「そういえば、ひとつ良いことを教えてあげましょうか」

「良いこと？」

「はい。先日ご披露した《精霊王》ですが……実は、本当の歌詞は別にあるんです」

その言葉にツィツィーは、えっと目を丸くする。

リーリヤは、宴の夜と変わらない美しい相貌で囁いた。

「あの時はお祝いの席だったので、後半の行を変えていたんです。でも――」

リーリヤは青紫の瞳でじっとツィツィーを覗き込んだ。

どこかガイゼルの目と似た――それでいてまったく違う印象を受ける不思議な色合いに、ツィツィーの胸が何故か騒めく。

（私、この方と、どこかで……）

強い風がざあっと前庭の木を揺らす。

ふわりとツィツィーの髪がなびく様を見て、リーリヤは小さく口を動かした。

「――扉、開けてくれたんですね」

「え？」

可憐な蝶が花に留まるように、リーリヤの白い手がツィツィーの頭上に伸びる。だがその瞬間、背後から鋭いガイゼルの声が飛んできて――リーリヤはすっとその手を自身の背中に隠した。

「ツィツィー、何をしている」

「ガ、ガイゼル様！　すみません、その」

「行くぞ」

　は、はいっ！　とガイゼルに駆け寄るツィツィーを、リーリヤが静かに見つめていた。ガイゼルがそれに気づき、じろりと睨み返す。

「なんだ？」

「いえいえ、何も。ではツィツィー妃殿下、お話の続きはまた今度ということで」

「は、はい。ありがとうございました」

「こちらこそ。……あなたには、またすぐ会えそうな気がしますから」

　そう言うとリーリヤは実に優雅な礼をした。慌てて返礼しようとするツィツィーの手を摑むと、ガイゼルはその場から引き離すように大股で歩き出す。

「あ、あの、ガイゼル様？」

「……あの男、なんだか気に入らん。今後どこかで見かけても、絶対に二人になるな」

「は、はい……」

　ガイゼルはそれだけ告げると、むっすりと口をつぐんでしまった。こっそり『心の声』に耳を澄ませたが、もやもやとした苛立ちやぼんやりとした不快感ばかりで、ガイゼル自身も言語化できない感情を抱えているようだ。

（本当の歌詞って……いったい何だったのでしょう？）

最後にもう一度だけ後ろを振り返る。

だが先程まで笑顔で見送っていたはずのリーリヤの姿は、まるで煙のように消えていた。


そうしてツィツィーたちはようやく、ヴェルシアへの帰路に就いた。

各地のオアシスに滞在し、砂塵嵐が収まったばかりのウタカを北上。その後マルセルのため、一行はアルドレアへと寄り道した。リーデン商会の建物の前で、マルセルが申し訳なさそうに礼をする。

「すみません、送っていただく形になってしまい……」

「いえいえ、今回はマルセル様の協力あってのことでしたので。ご助力くださり、本当にありがとうございました」

「ル、ルカ様ぁ……」

そつない様子で感謝の言葉を紡ぐルカを、マルセルはキラキラとした目で見つめていた。

移動中に聞いた話だが、どうやらルカ・シュナイダーといえば商売人の中ではカリスマ的な存在らしく、リーデン商会の代表やマルセルもその手腕に尊敬の念を抱いているそうだ。憧れのルカを前にして嬉しそうなマルセルを、ガイゼルがふんと一瞥する。

「協定の件は父親が戻り次第、またこちらから打診する」

「は、はいっ！　陛下のことはぼくからも、きちんとお伝えしておきます！」

「それで、だ。無事代表が復帰した場合……ヴェルシアに来る気はないか？」

「え？」

突然の誘いにマルセルはきょとんと首を傾げた。

するとガイゼルの隣にいたルカが、見覚えのある紙を取り出す。どうやら以前海賊退治の礼として、ガイゼルが受け取っていた船の絵のようだ。

「こちらの絵は、あなたが描かれたとお聞きしました」

「は、はい、そうですが……」

「これは単なるデッサンではなく、船の設計図ですよね。しかもかなり正確な」

ルカの言葉に、マルセルがあわわと眉を寄せる。

「あの、で、でも、そこまで緻密というわけではなくて、こうしたらこうなるんじゃないかな～っていう、想像みたいな部分もいっぱいあるので……」

「うちの王佐補に見せたところ、あと少し数字を裏づけして、何度か試作を走らせれば実用に至ると絶賛していた。絶対にこの技術者を連れて帰れ、ともな」

「ぎ、技術者だなんて、ぼく、そんなの」

「ヴェルシアは海運業がまだまだ遅れていまして。アルドレアの港と協定が結べるのでしたら、大型船舶の建造も進めることが出来ますね」

「でっ、でも、ぼくは商売の勉強もしないと……」

大国の皇帝と、師匠と崇めるルカから次々と畳みかけられ、マルセルの目が心なしかぐるぐると迷走しているのが分かる。すると最後の一押しと言わんばかりに、ガイゼルが親指でルカを指さした。

「ヴェルシアに来れば、こいつの下で働いてもらう。そうなれば交易に関する知識も学ぶことが出来て、お前の父親も許可せざるを得ないと思うが？」

「そっ……それはっ……そうでしょうけどっ……」

「ヴェルシアと繫がりを持っておくことは、リーデン商会にとっても良いことでしょう。ああ、アーロン殿とは面識がありますから、必要であれば口添えいたしますね」

「ううっ、外堀が埋められていく……！」

（マルセル様……なんだか少し喜んでいるような……？）

いよいよ頭を抱えてしまったマルセルを見て、ツィツィーはわずかに苦笑した。

陛下、心の声が甘すぎです。

そして一行は、ようやくヴェルシアへと帰還した。

ルカはランディに報告があるのでとすぐに王宮に向かい、ガイゼルもまた長らく放置していた執務があるから、と後に続く。

「厳しい旅程で疲れただろう。先によく休んでおけ」

「はい。ガイゼル様も、あまり無理はなさらないでくださいね」

ツィツィーが本邸に戻ると、残っていた使用人一同から手厚く出迎えられた。どうやらラシーでの一大事がこちらにまで伝わっていたらしく、向こうでの救護活動や長距離移動で溜まった汚れや疲れを落としましょう！　と意気込んだメイドたちの手によって、ぴかぴかになるまで磨き上げられる。

すっかり綺麗になったツィツィーは、胸の下あたりで切り替えのあるシンプルなドレスに着替えて久しぶりに自室へと戻ってきた。ベッドへ腰かけたままうとうととまどろむツィツィーに、リジーが優しく声をかける。

「妃殿下、どうか少しお休みになってください」

「ですが……」

ラシーでの滞在が予定よりも長引いてしまったため、一行の帰路はかなりの強行軍だった。宿で休む時間も削られ、昼夜を分かたず走り続けていたのである。おかげでツィツィーの体力もさすがに限界だ。

「リジーだって疲れているのに……」

「私でしたら大丈夫です。ささ、横になって」

甘やかされるままベッドに横になる。なんだかニーナと過ごした日のことを思い出してしまい、ツィツィーはどこか幸せな気持ちに浸りながら、あっという間に深い眠りに包まれていった。

――夢の中では幼いツィツィーとニーナ。

そして若かりし頃の母親が、楽しそうに笑い合っていた。

数時間後――ツィツィーはぱちと瞼を開けた。
頭を上げ、ぼんやりと窓の外を見る。すでに日は落ちて真っ暗になっており、部屋の中にはわずかな月明かりだけが差し込んでいた。

（私、どのくらい寝ていたのでしょう……）

夕食も食べずに昏々と眠り続けていたらしく、リジーたち使用人もとっくに就業を終えてしまったようだ。まだ糸を引くような眠気がツィツィーをベッドに引きとめようとするが、それを振り切るようにそろりと床へ足を下ろす。

（ガイゼル様、もう戻られているかしら……）

久しぶりに歩く自邸の廊下に懐かしさを覚えながら、ツィツィーは真っ直ぐガイゼルの部屋へと向かった。扉の隙間からはうっすらと光が漏れており、ツィツィーは軽くノックをする。

（……？）

だがガイゼルの返事はなく、ツィツィーはそろそろと扉を押し開けた。机の上には揺らめく蝋燭の明かりがあり、室内を温かく照らしている。

（いったい、どちらに……）

机にもソファにも姿が見えず、ツィツィーは寝室側へと移動する。するとベッドの上まで長く下がった天蓋の奥に、黒いシャツ姿で横になっているガイゼルを発見した。恐る恐る近づいてみると、よく寝ているのか微動だにしない。

こんなに熟睡しているガイゼルを見るのは初めてかもしれない、とツィツィーは起こさないよう注意しながら、そうっと彼の脇に腰かけた。

（ガイゼル様がいてくれたおかげで、ラシーは救われたんだわ……）

最初は『ニーナに会いたい』と、ただそれだけの旅だった。

それが気づけばラシーの国民すべてを巻き込んだ大騒動になり——でもそのおかげで、姉たちとの関係がほんの少しだけ変わり、母親とも話をすることが出来た。

「……ありがとうございます、ガイゼル様」

閉じられたままの長い睫毛を見つめ、ツィツィーは小さく囁く。そのまま彼の近くに手をつくと、上体を屈めてガイゼルに口づけようとした。が、まもなく唇が触れる——という目前になって、ぱち、とガイゼルの青紫の瞳が開かれる。

「えっ⁉　——きゃっ⁉」

ツィツィーは慌てて身を引こうとしたが、ガイゼルは近づいていたツィツィーの体を抱きしめると、そのままぐるんと身を反転させた。ベッドに押し倒される形となり、ツィツィーはあわあわと取り乱す。

「ガ、ガイゼル様、起きてらしたんですか⁉」

「当たり前だ」

「じゃ、じゃあ、どうして寝たふりなんか」

『……お前のひとり言を聞いていたかった、と言うと怒られそうだな……』

「……直前で気づいたからな」

ただ漏れな下心に赤面するツィツィーに、ガイゼルは楽しそうに笑みを浮かべる。そのままツィツィーの耳の下に手を差し込むと、白銀の髪を優しくさらりと梳いた。

「お前こそ、部屋で寝ていなくて良かったのか？」

「ガイゼル様が、こちらに戻られたか気になって」

「さすがのランディも、疲れを気遣って早めに帰してくれたな」

やれやれと眉尻を下げるガイゼルが面白くて、ツィツィーはその体勢のまま、ふふと笑みを零してしまう。するとガイゼルがわずかに目を細め、そのまま顔を近づけてきた。

「んっ……」

ゆっくりと迫ってくる愛情に応えるように、ツィツィーは自らも唇を近づける。ちゅ、と柔らかい音が咥内に落ち、熱い吐息とともにゆっくり解放された。ツィツィーがはにかみつつ顔をそむけると、それを阻止するようにガイゼルの手が頬に添えられる。

「ツィツィー……」

「ガイ、んっ……ゼ、ル……さま……」

ガイゼルの肩が、先程よりもツィツィーの体を強く圧する。

たまらず押し返すように彼の両腕に手を添えるが、それが逆に興奮を誘ったのか、ガイゼルの唇は何度も角度を変えて、ツィツィーに口を開くようねだった。

「——っ、ん……」

久しぶりの熱烈な口づけに、ツィツィーの頭の中はどんどん真っ白になっていく。

体温と息遣いと、体の内側から溢れるようなガイゼルの欲を全身で感じながら、懸命にその滾るような思いを受けとめる。やがて頬を赤く染めたガイゼルが、艶々と濡れたツィツィーの唇を自身の親指でぐいと拭った。

「船以来、お預けだったからな」

「そ、そういえば……」

ラシーの王宮ではそれどころではなかったし、ヴァンの叔父邸に詰めている間などもってのほかだ。だがよくよく考えてみれば——元々ガイゼルは、ツィツィーとの『最高の初夜』を期待しながら旅に出たはずではなかったか。

（ようやく……二人きりに）

憂いの原因となっていたニーナとの再会も果たしたし、姉たちや母親との長年の確執にも、ほんの少しではあるが変化の兆しが見えた。ツィツィーの心に影を落としていた一つ一つが、ガイゼルの手によって少しずつなくなっていく——そう気づく度に、彼に対する愛しさがどんどんと増していった。

溺愛してくれる『心の声』が、最初のきっかけだったかもしれない。

でもガイゼルと日々向き合い、一緒に過ごすうちにますます好きになってしまう。

言葉でも行動でも表現し足りないくらい、甘く内なる感情がツィツィーの胸いっぱいに膨れ上がり――じんわりと素直な気持ちが溢れ出す。

(もっと、ガイゼル様に触りたい……)

勇気づけてくれた大きな手。

ベルナルドから守ってくれた力強い腕。

塔の最上階でツィツィーのすべてを受け入れてくれたたくましい体。

嫉妬したり、怒ったり。安堵したり、笑ったり――ふとした時に見せてくれる、ツィツィーだけが知るガイゼルの表情。

(そっか、私……)

『そういうこと』をするのは皇妃としての務めであり、他ならぬガイゼルが望んでいるからだとぼんやり思っていた。でも本当は――ツィツィーだってずっと、彼を直に、もっと近くで感じたかったのだ。

「ガ、ガイゼル、様……」

「どうした?」

「あの、私……」

嫌われたらどうしよう、と一瞬だけ言葉に詰まる。

だが静かに続きを待つガイゼルの気迫に負け、思わず口をついてしまった。

「もっと、いっぱい、くっつきたい、です……」

本当は隠すことなどない気持ちなのかもしれない。

でもどうしても最後の一歩が踏み出せず、ずるい言い方になってしまったとツィツィーは少しだけ自己嫌悪する。しかしガイゼルは気分を害した様子もなく——むしろぱちぱちと瞬いたあと、ゆっくりと目を細めた。

「ああ。……俺もだ」

ぎし、とベッドが軋み、ガイゼルの唇がツィツィーの頬に落ちる。触れるだけの優しいキスが瞼と、眦と、額にと——宝物を扱うかのように、丁寧に降り注いだ。

くすぐったさもあり、ツィツィーがたまらずガイゼルの頬に手を伸ばすと、うん？　と意地悪な表情で見下ろしてくる。ガイゼルの瞳に、先程の口づけですっかり惚けている自分が映り込んでいて、ツィツィーの鼓動はいっそう速まった。

「ツィツィー……」

名前を呼ばれているだけなのに、それを受けとめる耳がじんわりと熱い。やがてガイゼルの手がツィツィーの体に伸び——胸の下で結ばれていたリボンに指がかかった、しゅる、といとも簡単に解かれる。

「あっ……」

一気にドレスが緩み、ツィツィーは守りがなくなってしまった不安で、わずかに身を強張らせた。だがガイゼルの手はそのままツィツィーの小さな肩を撫で、するりと肌を露出させる。あわや胸元まで見えそうになってしまい、ツィツィーはのしかかっているガイゼルの肩口をきゅっと摑んだ。

「ガ、ガイゼル、様……」

「……ガイゼル」

「……えっ？」

「前にも言っただろう。ここに二人でいる時だけは……ガイゼル、と呼んでほしい」

まさかのお願いごとにツィツィーが目を瞬くと、ガイゼルは一旦手を止め、どこか気まずそうによそを向いた。その耳が真っ赤に染まっていることに気づき、ツィツィーの心臓はきゅんと音を立てる。

（ここってつまり……ベッドの上ではって、ことで……）

自分たちの置かれている状況を改めて認識させられ、急に恥ずかしくなったツィツィーははだけた衣服を直したくなった。だがそれでは今までと一緒になってしまう——と勇気を出してガイゼルを見つめる。

「あ、あの……それなら、私もお願いが……」

そう言うとツィツィーはよいしょよいしょと懸命にガイゼルの下から這い出ると、ベッドの上に座り直した。若干動揺しているのか眉を寄せるガイゼルに向かって、恥じらいつつも口を開く。

「わ、私だけじゃなくて……ガ、ガイゼル様にも、服を脱いで、ほしいです……」

「……ツィツィー、それは」

「そ、その、私だけだと、ちょっと、恥ずかしいので……」

口にしたことでさらに羞恥が増し、ツィツィーはたまらずその場で俯いた。

するとガイゼルは長い沈黙のあと、ぷつ、と自身の襟元のボタンを外す。動きを察したツィツィーが恐る恐る顔を上げると、きっちりと閉じられていたシャツの合わせ目が開いていき、すぐに立派な胸板としっかりと割れた腹筋が露わになった。

「これでいいか？」

「は、はい……」

あまりに自分とは違うその体つきに惹かれ、ツィツィーはそうっと手を伸ばしてしまう。指先を跳ね返すような硬く張った筋肉に、しっとりと汗ばんだ肌。かつての戦いでついたものなのだろうか、かすかに残る傷痕もある。

「……っ」

「あ、す、すみません！」

ガイゼルが息を呑んだのが分かり、ツィツィーは慌てて手を離した。いつもの布越しとは違う。ガイゼルの男性としての体に触れてしまい、この先に待ち受けている色々が、はっきりと輪郭を持ってしまった――。

「……もう、着ている意味もないか」

やがてガイゼルは袖から腕を抜き、そのままシャツを床の上に放り投げた。しなやかに隆起した肩や、武芸によって鍛え上げられた二の腕が目に飛び込んできて、ツィツィーはいよいよ覚悟を決める。

ガイゼルも何かを考える余裕すらないのか――『心の声』を漏らすこともなく、再びツィツィーにキスを迫った。ゆっくりとこちらにかかってくる体重を受けとめながら、ツィツィーも静かに後ろへと倒れ込む。

だがその時触れた指先の感触に、ツィツィーは「あっ」と目を見張った。

その反応に、ガイゼルはすぐに上体を起こす。

「まだ、何かあるか?」

「あ、その、腕に、この前の傷が残っていたので……」

唐突な指摘に、ガイゼルはツィツィーの手が触れているあたりに自身の手を伸ばす。上から手の甲ごと覆われる形になり、ツィツィーはおずおずと尋ねた。

「い、痛みは……」

「もうほとんど治っている。心配するな」

その申告通り、確かにベルナルドからつけられた銃創は、皮膚が多少硬いくらいではぼ完治していた。なおもツィツィーが不安そうな目でその部位を見つめていると、手をぎゆっと握られる。

「気になるか？」

「……少しだけ。私がもっと気をつけていれば、と……」

「この程度でお前が守れたのだから、安いものだ」

ガイゼルはツィツィーの指をそっと腕から離すと、そのまま手のひらを上向かせた。顔をうずめるように深く口づけると、ゆっくり上げて微笑する。

「言っただろう。『私の心はあなたを守り、私の腕はあなたの盾となるだろう』と」

「ガイゼル様……」

「ガイゼル、だ」

口づけた手のひらをくるりと返し、ガイゼルが上から手を重ねる。そのまま互いの指を絡め合うと、枕元へと柔く押しつけられた。再び深いキスで唇が塞がれ、もう一方の手がツィツィーのドレスをずらす。

ひんやりとした外気に触れたあと、燃えるように熱いガイゼルの手がツィツィーの白い肌を撫でた。拒絶されないことを確認すると、ガイゼルはゆっくり上体を持ち上げ、両足で挟むようにしてツィツィーの細い体を跨ぐ。

「……本当に、いいのか」

「……」

「お前が怖いようなら無理はしない。皇妃の務めだと焦っているのなら、気持ちが整うまで待つ。だから——」

続く言葉は、ツィツィーの人差し指だけで遮られた。目をしばたたかせるガイゼルをよそに、ツィツィーは伸ばしていた手をそうっと下ろすと、綺麗な青空色の瞳を輝かせてはにかんだ。

「おねがい、します……」

「ツィツィー……」

「ガイゼルが、いいん、です……」

ツィツィーの精いっぱいの告白を受けとめたガイゼルは、ほんの一瞬だけ泣きそうな顔になり、すぐにいつもの穏やかな笑みに戻る。

「怖いと感じたら、すぐに言え」

「はい」

「嫌だと感じた場合もすぐにやめる。あと——」

「ガイゼル」

組み敷いたままのツィツィーからじっと見つめられ、ガイゼルはうっと眉間に皺を寄せた。だが無言のお願いの意味は伝わったのか、やがてとても小さな声で囁く。

「……愛している」

「私も、です」

嬉しそうに笑うツィツィーにつられるように、ガイゼルもふっと口元をほころばせる。

互い違いに絡め合っていた指に力が込められ、まるで初めてキスした時のような甘い口づけが下りてきた。

「――ん、……」

「ツィツィー……」

肌が直接に触れ合う。まったく違う体温のあたたかさの奥に、自分を求めるガイゼルの想いをはっきりと感じ取り――ツィツィーの胸の奥に、何かが込み上げてくる。

（私、ガイゼル様が、好き……）

口で発する言葉とも、『心の声』とも違う。

服も空気も、何も隔てるものがないまま、大好きな人と肌を合わせて、互いの奥深くでしか交わすことの出来ない言葉。

相手のことが好きで、でも文字でも思いでも表現できなくなった時にようやく、全身を使って愛を表すのだ――と、ツィツィーはガイゼルのすべてを受けとめるのだった。


翌朝。目が覚めたツィツィーは、そうっと睫毛を持ち上げた。

目の前には相変わらず美しい相貌のガイゼルが眠っており、その両腕はがっちりとツィツィーを包囲している。服は身に着けておらず互いに裸だ。

(そうだ私、昨日、ガイゼル様と……)

途端にあられもないあれこれを思い出してしまい、ツィツィーは一瞬で顔を赤くした。するとその身じろぎに起こされたのか、ガイゼルがうっすらと瞳を開ける。

「……大丈夫か」

「は、はい……」

ガイゼルはふっと目を細めると、ツィツィーを強く抱き寄せた。ほんの数時間前まであれだけ肌を重ねていたというのに、改めて緊張してしまうツィツィーに対し、ガイゼルはちゅ、と目元に口づけを落としてくる。

「疲れただろう、今日は予定をキャンセルしてゆっくり休め」

「だ、大丈夫です! 私なら」

ほら、と起き上がって反論しようとしたツィツィーだったが、どうしたことか身体に力が入らない。初めて感じる鈍痛と筋肉痛に驚いていると、ガイゼルがどこか楽しそうに口角を上げる。

「どうした?」

「な、何でもありません……」

「ほう？」

　無防備な腰にするりとガイゼルの手が滑り、ツィツィーは再びかくんと彼の胸の中に倒れ込んでしまった。堪えるようなガイゼルの笑いに気づきつつも、抵抗できないツィツィーがむくれていると、宥めるように頭を撫でられる。

「俺が悪かった」

「……」

「そんなに怒らないでくれ」

「……じゃあ、キスしてくれますか？」

　まさかのお願いにガイゼルの喉がきゅう、と音を立てた。だがすぐにツィツィーを抱きかかえると、ベッドに寝たまま自身の上へと持ち上げる。そのまま頭を押さえられたかと思うと、ガイゼルが下からぐっと口づけた。

「――ん、」

　やがて唇が離れたあとも、ガイゼルはそのままツィツィーを強く抱擁する。ツィツィーもまた遮るもののない彼の熱を感じながら、甘えるように体重を預けた。

　だがその直後――昨夜から今の今まで封印されていた『心の声』が、ぶわわっとガイゼルの全身から溢れ出す。

『あ――だめだ愛しいこんな可愛い奴が俺のあ――っ』

『ずっと想像だけはしていたが、実際に目にするとどうしていいかまったく分からなくなるな……。ドレスの下に隠された新雪のような肌に、女性らしい柔らかい体、細い腰……本当に壊してしまいそうだった……』

『潤んだ瞳があまりに綺麗で、しかも健気に俺を受けとめるツィツィーの表情を思い出すと……っ、こんなことを考えていると知られたらツィツィーはもう二度と俺といやそれは困る本当に困る（あ――しかし可愛い）墓場まで持っていかねばならないがだめだ気を抜くと（かつてないほど愛おしい）今も（好きだ）鮮明に思い出してしまういったいどうすればいい（助けて）無理だ』

『しかし俺の腕を摑んで「ガイゼル、ガイゼル」と真っ赤になりながら何度も名前を呼ぶ姿は正直さいこ――』

（い、いや――――!!）

防げるわけではないと分かっているが、反射的にツィツィーは耳を覆った。もはや一人の思考ではなく、複数人のガイゼルがうっとりと口々に昨夜を回想しているかのような状態に、ツィツィーは顔から湯気が出そうになる。

一方、まさか初夜の感動がすべて本人に伝わっているなど知らないガイゼルは、その後もいつもの調子でツィツィーを気遣った。

「どうした？　やはりきついか」

「そ、そういうわけでは……」

「必要なら、俺が一日抱きかかえて――」

「い、いえ！　本当に！　本当に大丈夫ですから！」

「しかし――」

そんな押し問答を繰り広げているうち、気を利かせたメイドたちが朝食を寝室に運んでくれた。だが熟したフルーツを口に運んでいる間も、ふと気を抜くとそれ以上に甘いガイゼルの『感想』が流れ込んできて――ツィツィーはその度涙目になってむせる羽目になる。

（うう、恥ずかしいです……）

久しぶりの『だだ漏れ』に、ツィツィーはなすすべもなく白旗を上げるのだった。


それから数日後、ラシーから一通の書簡が届いた。

差出人はリナで、ヴェルシアに対する感謝の言葉に始まり、国内の状況や家族のこと、ベルナルドの処遇などがしたためられていた。少し前にどうにか雨が降ったともあり、水不足に関してはこれで一旦収束するだろう。

さらに遅れてニーナからも手紙が来た。ツィツィーとガイゼルに対するお礼の他、ヴァンの叔父邸で元気に働いている近況が綴られ、どうか体に気をつけてと結ばれている。

（ニーナ……元気になって本当に良かったわ……）

やがて暖炉の前のソファに座って手紙を読んでいたツィツィーのもとに、ヴァンが姿を現した。その背後にいる人物に気づき、ツィツィーは思わず立ち上がる。

「マルセル様！　今日到着だったんですね」

「こ、皇妃殿下、ご無沙汰しています……」

ベルナルドの邸から発見された証拠が決定的となったのか、マルセルの父親も無事に釈放された。どうやらリーデン商会を落とし入れるため、ベルナルドが仕込んでいた船だったらしく、中で拘束されていた被害者たちも全員グルだったらしい。

自由の身となったあと、事情を知った父親はいたく感激し、ヴェルシアに対する認識を百八十度改めたそうだ。結果、難航していた協定の話があっという間に進んでいき――おかげでガイゼルは、再び多忙の日々に舞い戻ることとなった。

「きょ、今日から、こちらでお世話になります！」

「はい。こちらこそ、よろしくお願いします」

ガイゼルとルカの勧誘。そして何より父親から「商会のことはあと十年ワシがやるからお前は修業して来い！」と追い出されたらしいマルセルは、ヴェルシアで船の設計士として働くことが決まった。噂では王佐補がすでに新造船の計画を立てているらしく、手ぐすねを引いて今か今かと待っているらしい。

「でも本当にありがとうございます。ラシーまで船を出してくださったこともちろんですが、こうしてヴェルシアに力を貸してくださるなんて」

「そ、それはその……こ、こっちにいた方が……皇妃殿下とお会いできる機会が、あるかなって……」

「えっ？」

「なっ、何でもありませんっ！」

真っ赤になったまま慌ただしく礼をして立ち去ったマルセルを、ヴァンが急いで追いかける。それと入れ替わるようにしてリジーが現れた。

「妃殿下、エレナ様がお越しです」

少しだけ仕事の合間が出来たというエレナが訪れ、ツィツィーはすぐに向かいの席を勧める。リジーの入れてくれた華やかな香りの紅茶を前に、波乱に満ちたラシーの旅を思い出すと、懐かしむように目を細めた。

「エレナ、あの時は本当にありがとう。実はね――」

花が咲くような笑い声の合間に、時折ぱちりと暖炉の薪が爆ぜる。

窓の外は一面の銀世界――ヴェルシアには、美しい冬が訪れていた。

（了）

特別
書き下ろし短編

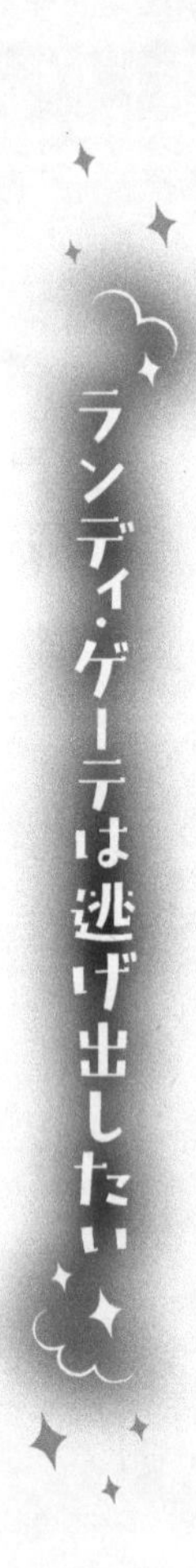

僕の名前はランディ・ゲーテ。

北の大国ヴェルシアで、王佐補として働いている。

先日、実家の差し金で急遽三件もの見合いをする羽目になり、人前で頬をはたかれるわ、筋肉がなくて振られるわ、挙げ句年端もいかない少女の子守りをさせられるわと、仕事もプライベートも慌ただしい日々を送っている。

当然『見ると（美しすぎて）倒れる』という顔も、変わらず仮面で隠したままだ。

それは隣国へ外交に向かう馬車の中でのことだった。

「ウタカの宿の手配、ですか」

「ああ」

短くそれだけを言うと、目の前のガイゼル陛下はそのまま黙り込んだ。

一方僕は、突然の命令に何が何だか分からない。

「それは今度の長期休暇に合わせて、という形でよろしいのですか？」

「そうだ」

「……いいですね、新婚旅行ですか」

ぼそりと呟いた僕の言葉に、ガイゼル陛下はわずかに目つきを鋭くする。

他の臣下たちであればひいいと歯の根が合わなくなりそうな表情だが、見慣れた僕からすると、これは間違いなく図星を指された顔だ。

（というか、あれだけ綿密に計画していたら誰だって気づくだろ）

陛下の机上で、多くの書類に隠されるようにして置かれたメモ書き。

それにはウタカで宿泊したあとオルトレイに向かう行程や、キルシュで行われる祭りの詳細。さらには帝都で人気の焼き菓子の店や、若い淑女らに評判のぬいぐるみ、珍しい宝石などの情報が事細かに記されており――「まさかこれ、全部準備するつもりじゃないよな？」と僕はそっと見なかったことにした。

「分かりました。速やかに対処します」

まあ結婚してすぐに色々な騒動に巻き込まれ、ようやく迎えられた待望の新婚旅行だ。せめてものはなむけとして、最高の部屋を押さえておこうと僕は軽く請け合う。

一夜明け、隣国との大きな仕事が終わった僕らは、ヴェルシアへの帰路についた。

途中、陛下が寄りたいところがあると花屋に赴いたのは驚いたが、新婚旅行には出立前からのムード作りが大切なのかもしれない。僕には一生縁のない話だが。

「あ――っ、疲れた……」

王宮にある王佐補の執務室に戻り、ぼすんとソファに倒れ込む。

まずい。このまま寝たい。いま寝たら絶対気持ちがいい。五分だけ寝るか。

いやだめだ、昨日決まった条約の大綱をまとめておかなければ。

(ここで頑張っておけば……僕にも自由な時間が……!)

そうなのである。

今回の仕事が終わり次第、陛下は長い休みを取ると宣言していた。陛下の留守を守るため、僕ら臣下は当然働かねばならないのだが――それでも重要な案件や新規事業に関しては、陛下の承認なくしては進められない。

したがってほんの少しではあるが、普段の業務に余裕が出るはずなのだ。

(この機会に、この前買った経済学の新刊を読む……!)

とはいえ長距離を往復した疲労は大きく、僕は握りしめた拳をへろへろと下ろすと、そのますう、すうと眠りの淵に落ちかけていた。

するとと執務室のドアが、いきなりばんっと開かれる。

「ランディ様、まだおられますか!?」

「うわあ！」

僕は跳ねるようにしてソファから飛び起きた。

そこには少し前に別れたヴァンの姿があり――いったい何ごとかと目をしばたたかせていると、彼が申し訳なさそうに口にする。

「すみません。明日からの旅行、目的地を変更しろと陛下が」

「は？　今から？　いったいどこへ？」

「ラシーだそうです」

「はあ⁉」

何故急にそんなところに。というか何日休む気だあいつ。

と言いたくなるのをぐっと堪え、はあとため息をつく。

「……元々ウタカは押さえていたから、そこから先ラシー方面の宿を手配する。陛下にもそう言っておけ」

「ありがとうございます。すみません、急なことで」

「ほんとにな」

それでは失礼します、と用件だけを伝えてヴァンは早々にいなくなった。

一方僕は、うとうととした幸せなまどろみが一気に吹き飛んでしまい、憮然として執務机に向かう。

（まったく……こういうところは相変わらず『氷の皇帝』だな）

ふっ、と据わった目で不気味な笑みを浮かべつつ、僕は新鮮な空気を吸って頭をすっきりさせようと、すたすたと窓辺へと近づいた。鍵を開け、窓を全開にする——と突然、外からばさばさばさっとけたたましい羽音が体当たりしてきた。

「ぎゃ————！」

夜中だというのに絶叫し、僕は目の前の何かを両手でわし摑んだ。

眼前から引き剝がすと、そこにいたのは一羽の鳩。

「なんなんだ!!」

足に小さな紙を巻きつけた鳩は、仮面姿の僕を見て「くるっぽー」と鳴いた。


翌日の早朝。

僕の報告を受けて、陛下は眉間に深い縦皺を刻んだ。

「砂塵嵐だと？」

「はい。ウタカに行く中継点で、鳩が戻されたようで」

昨夜、僕の顔にダイレクトアタックしてきた鳩は、ウタカ周辺で発生した砂塵嵐に関する情報を持ち帰っていた。普通は調教師のいる鳩舎に戻るものなのだが、夜だったから迷ってしまったのだろう。

「どうしますか？　他の行程だと日数が倍以上になるかと」

「……アルドレアを使う」

てっきり目的地を変えると思っていた僕は、陛下の意向に少しだけ眉を上げた。

どうやらよほどラシーに行きたいようだ。だが――

「商会が許可しますかね？　こちらの要請をことごとく蹴っていますが」

「許可させる。どのみち一度、直接出向く必要があると考えていた」

リーデン商会との関係改善は、ヴェルシアにとって最重要課題の一つだ。陛下御自らが動いてくださるというのであれば、願ったり叶ったりである。

「分かりました。ラシーには海路に変更になった旨を伝えておきます」

「ああ」

そうして皇帝夫妻は、華やかな馬車に乗り込んでアルドレアへと旅立った。僕はその光景を窓越しに見送ったあと、すぐに自らの仕事へ戻る。

（まずはラシーへ連絡をしなければな。今日アルドレアから旅立てば――）

おおよその風向き、風量からラシーの海の玄関口ヴェリ・タリに到着するであろう日を計算する。紋切型の挨拶と共に手紙にそれらを書き記し、僕はすぐにラシーに向けて鳩を飛ばすよう部下に指示を出した。

「ふう……いきなりラシーに行くだの、船を使うだのどうなるかと思ったけど、とりあえず送り出してしまえばこっちのもんだな」

同行しているヴァンには悪いが、久しぶりの皇帝の居ぬ間だ。

「現地調査には行ったのか」「裏付けは取れているのか」「過去五年分の資料をすべて出せ」という陛下の無理難題に右往左往する普段を思い出し、僕はふっと口角を上げる。

(さっさと仕事を終わらせて、家に帰って麦酒と新刊だ!!)

そうして僕は普段の倍近い速度で執務を片付けた。

明日の分まで手をつけかけたところで、太陽が随分と傾いていることに気づく。うーんと大きく伸びをすると、夕日が差し込む窓辺へと近づいた。

「もうこんな時間か。……順調にいけば、そろそろアルドレアを発った頃だな」

どこか晴れやかな気持ちで窓を押し開ける。今季のヴェルシアは比較的暖かいものの、冬を感じさせる澄み切った空気が満ちていた。余裕のある仕事とはなんと気持ちが良いものか――と僕は充足感とともにうっとり目を閉じる。

その顔に、ばたばたばたっと何かが叩きつけられた。

「ぎゃ――――!!」

慌てて腕を振り回すと、それはすぐに執務室内へと逃げた。

どうやらまた鳩が迷い込んできたらしい。

「だからどうして僕のところに来る!?」

鳩は激昂する僕を無視して、しばらく天井近くを旋回していた。だがこいつは大丈夫そうだと判断されたのか、警戒心もなく僕の執務机へと降り立つ。近づいても一切逃げる素振りがなく、僕が手を差し出すとトコトコと上ってきた。

「なんだこれ、ヴァンから？」

あて名には『ランディ様へ』とあり、僕は意外と鋭い爪のある鳩の肢からそれを抜き去った。中身を読んですぐにげんなりとする。

「『交渉失敗。しばらくアルドレアにて足止め。ラシーへ連絡を』……はあ～⁉」

午前中に送ったわ。言うならもっと早く言え。

とヴァンが目の前にいたら嫌味の一つもかますのだが、いるのは無垢な瞳で見上げてくる一羽の鳩だけで、僕は叫び出したくなる衝動をぐっと堪えた。

（というか連絡もだが、行程の別案を準備しなければならないのでは？）

行き先をアインツァに変える、くらいであればありがたいが――あの陛下のこと。ラシーに行くと決めたら意地でも向かうに違いない。僕は海路を使用できなかった最悪の場合を想定し、ラシー行きの別の行程表を作る羽目になった。

「……で、結局船で行くのかよっ！」

三日後の早朝。ヴァンから『無事出航しました』という鳩が届いた。

僕は通常業務とイレギュラー対応に追われながら、なんとか作ったラシー行き別行程の紙を、執務机にべしっと叩きつける。とんだ無駄骨だ。

（しかしまあ、あの難攻不落のリーデン商会をついに攻略したということか。あれだけ警戒されていたのに、いったいどんな手を使ったんだ？）

おまけに夕方に届いた郵便で、なんとも立派な船の設計図が届けられた。添付されていたヴァンの補足によると、どうやらリーデン商会代表の息子が描いたものらしい。

「これは……実現すれば、海運業界に革命をもたらすのでは？」

欲しい。この技術者が欲しい。首に縄をつけてでも絶対連れて帰らせよう。

だが嬉しい知らせとは別に、面倒くさい一報も入っていた。

「『リーデン商会の件を調査しろ』……なんでうちが？」

どうやら代表が不当な拘束を受けているらしく、速やかに対処せよという勅命が同封されていた。何のことかさっぱり分からないが、僕の仕事が増えたことだけは間違いない。

そんなこんなで結局普段と同じ——いやいつも以上の多忙さに見舞われた僕は、数日間王宮で寝泊まりしたのち、ようやく自宅へと帰ってきた。すぐにでもベッドに倒れ込んで眠ってしまいたい要求を堪え、閉め切られた窓へと近づく。

「はあ……これでようやく新刊が読める……」

かちゃんと鍵を外して開けると、室内に淀んでいた空気が一気に入れ替わった。

労働を終えた達成感をつまみに、買い置きの麦酒をこくりと一口あおると、僕はそのままぼすんとソファに仰向けに寝転がる。

「この一杯のために働いている……」

しみじみとそう呟くと、この貴重な時間を堪能するべくそっと瞑目する。するとどこからともなく羽音が聞こえ——直後、僕の真上から立派なかぎ爪が降ってきた。

「ぎゃ————!?」

幸い仮面をしたままだったから良かったものの、普通の人なら大惨事だ。僕はやや乱暴に羽毛の主を捕らえると、はあはあと息を吐き出しながら上体を起こした。

手の中にいたのは鳩——だが今までのものより一回り大きく、羽色も普通の鳩より黒い。心なしか目つきも鋭い気がして、僕はどこか既視感を覚えつつその鳩を睨みつけた。

「お前……陛下の鳩か？」

伝書鳩にもいくつかのランクがあり、中でも特に強靱で飛行能力が優れているものは、王族が緊急の連絡時に使用する。どうやらこの鳩もそれらしい、と気づいた僕は急いで足首に結びつけられた手紙に目を通す。

だがすぐに半眼になり、思わず眉間に皺を寄せた。

「二日以内に、ラシーに荷物を送れ……？」

そこに書かれた品目を見て、僕はさあっと血の気が引いた。

「いや……無理でしょ……」

助けを乞うように、ちらりと陛下の鳩を見る。

大柄な鳩は、まるでガイゼル陛下そのもののような尊大さで「ぐるっぽ」と鳴いた。

翌朝。僕は徹夜の疲労を色濃く残したまま、ルカ・シュナイダーを呼びつけた。

『商いの天才』と名高い彼の前に、ばさりと書類の束を置く。

「大至急、これらを揃えたいのですが」

「これを……全部ですか?」

渡されたリストをめくりながら、ルカは眼鏡の奥の目をしばたたかせていた。無理もない。僕も商人だったら「無理ですね」の一言で返したい量だ。

「陛下のご命令です。なんでもラシーに必要だと」

「ああ、そういえばご旅行中でしたね。妹が徹夜でドレスを作って倒れていました」

「いいのかそれは……」

ルカは手早くリストを確認すると、そのうちの二枚を抜き取って、残りはとんとんと角を揃えた。

「こちらの品物は、私の方で今日中にご用意出来ると思います。ただこの二つに関しては、少しご相談が」

差し戻された二枚の書類には、それぞれ『水』と『解熱剤』と書かれている。

「まず水ですが、冬のヴェルシアは地下水位が大幅に下がるので、これだけの飲料水を井戸から汲み上げるのは相当な重労働でしょう」

「なら、そこらの雪を溶かして沪過すればいいのでは？」

「おっしゃる通りです。ただ今年の冬は比較的温暖で、帝都周辺にもいまだ大きな積雪は見られません」

なるほど言われてみれば、例年のこの時期にしては降雪の量が少ない気がする。

「ここより北方のイシリスであれば、十分に確保できると思いますが……今すぐに行って交渉するところからとなると、それなりの時間がかかると思います」

「……」

「それから解熱剤ですが、少し前に流行った感冒のため、帝都内で若干の不足が生じています。また今後も需要が拡大する懸念があるので、これだけ大量に他国に提供することは難しいかと」

「帝都外であれば、多少の余剰が？」

「……フォスター領に多く自生する木の幹から解熱剤の成分が抽出できるため、あの土地ならそうした薬品も手に入ると思います。ですがなにぶん領主のグレン様が気難しい方なので、確実に提供していただけるかは……」

「グレン・フォスターか……」

実際に会ったことはないが、その名前と、領地経営の手腕は聞き及んでいる。

ガイゼル陛下の養父であり、元々は騎士団きっての武闘派だ。おまけに人嫌いでめったに領地から出てこない偏屈——とまで思い出した僕は、はあとため息をつく。

「分かりました。ルカ殿はそれらの物品を集めて、ラシー渡航の準備をしてください。……この二つに関しては、わたしがなんとかします」

そうして僕は資料を手に、王宮にある騎士団を訪れた。

以前レメルドルタ伯爵令嬢をお連れした時同様、屈強な男たちが木剣を手に激しい打ち合いをしている。このくそ寒い中半袖の者もいた。正直信じられない。

「失礼、王佐補のランディ・ゲーテと申します。ディータ・セルバンテス顧問はおられますか」

「ディータ様ですか？　少々お待ちください！」

そう言って走り去った若い騎士は数分後、熊を連れて戻って来た。

「——何の用だ」

「……はじめまして、ディータ・セルバンテス様」

（怖っわ……）

　皇帝夫妻の働きかけで、一年という期限付きで騎士団に戻って来たとは聞いていたが……まさかここまで強面で屈強な御仁だとは思わなかった。僕はぎこちない笑顔を貼り付けたまま、とりあえず今の状況を説明する。

「――というわけで、ディータ様に水の手配をお願いしたいのです」

「どうして、俺に言いに来た」

「あなたは以前、イシリスにいたとお聞きしました。一から交渉している時間はない。どうかすぐにでも協力するよう、住民を説得していただきたい」

　冷静を装って話をしたものの、僕は内心で完全に怯えきっていた。

（これ……殴られたら無理だな）

　さすがにいきなり王佐補を病院送りにはしないだろうが、まあまあ無茶な依頼だ。おまけに『お前の人脈をただで貸せ』と言っているようなもの。僕のところに来たら『一昨日来てくれますか？』とあっさり追い返すだろう。

　するとずっと険しい表情を浮かべていたディータが、突然片腕を持ち上げた。あ、殺られる――と目を瞑ると、かさりと音がして手の中の書類が抜き取られる。

「これを用意すればいいんだな」

「は、はい……。え、いいのですか？」

「陛下の依頼だ。何か意味があるのだろう」

そう言うとディータは『騎士団の若い奴数人と荷馬車を使うぞ』とだけ告げ、再びのしのしと巣穴に戻る熊のように立ち去った。

(……もしかして、いい奴なのか?)

『無敗の騎士団長』という彼の二つ名を思い出し——僕はその時ようやく、両足が恐怖で震えていたことに気づいた。

だが問題はもう一つある。解熱剤だ。

僕は大急ぎで馬車を飛ばさせ、フォスター領にある公爵邸を訪ねた。

「突然の訪問、どうかお許しください。王佐補のランディ・ゲーテと申します。先日の式でご挨拶する予定だったのですが、遅くなり大変申し訳ございません」

「……」

(こっちも怖え……)

本来であれば事前に一報を入れておくのが礼儀なのだが、昨日陛下から依頼されたのにそんな時間とれるはずがない。結果こうして、不機嫌極まりないグレン・フォスター公爵と二人きりで対峙する羽目となった。

元騎士らしいがっちりとした体軀に加え、左目の傷の迫力が半端ない。

「単刀直入に申し上げます。公爵家で管理している解熱剤を分けていただきたい」

「普段、地方になどめったに顔を見せない王宮の官吏が、わざわざお越しになられたというから通してみれば……こんな時だけ辺境地頼みというわけですか？」

「そういうわけではありません。ただ帝都のみでは十分な在庫が確保出来ず……」

「それはそちらの都合でしょう。地方から税を徴収し、挙句いざという時は物品をただで差し出せとおっしゃる」

「ただではなく、ちゃんと対価を支払うつもりで……」

「だいたい、ここまで大量の解熱剤を誰が必要としているのです？　単に利益を追求するのであれば、もっと割の良い国営事業を立ち上げるべきで――」

（あ――っ、どうしろってんだ――!?）

快く協力してくれるとははなから思っていなかったが、まさか国政に対しての説教が始まってしまうとは。しかもなまじ有能な為政者なため、指摘されることに何の反論も出来ない。

その堂々たる態度はガイゼル陛下そのもので、まさに『この親にしてこの子あり』という感じだ。いや、陛下とフォスター公に血縁関係はないが。

（話を聞いて譲ってくれるなら、いくらでも付き合ってやるが……最悪の場合、時間だけ過ぎてはいさようなら、というパターンがあるな……）

僕はかねてから優秀だと思っている頭脳（最近少し自信がなくなってきた）をフル稼

働させ、一か八かの賭けに出ることにした。

「――お話を遮るようで失礼。実はその……陛下からのご指示なのです」

「陛下、……だと？」

「はい、陛下が……解熱剤が必要だ、と……」

言葉を続ける程に、フォスター公の顔つきがみるみる険しくなっていく。

それを視界の端で察した僕は「しまった」と心の中で頭を抱えた。

（悪手だったか……）

陛下とフォスター公の因縁は浅からず、長い間没交渉が続いていると聞いていた。だからこの話を持ってきた時も気を遣って、あえてガイゼル陛下の名前を出さないようにしていたのだ。

しかし陛下が式の少し前に皇妃殿下を連れ、個人的に訪問していたことを僕はふと思い出した。それにフォスター公はお二人の挙式にも来ている。関係が改善されたのかもしれない、とひそかに期待したのだが……。

「失礼いたしました。その、確かに陛下からなのですが、あくまでも公的なもので――」

「どうしてそれをすぐに言わない!!」

まさかの返答に、僕は思わず「は？」と口を開けてしまった。

一方、先程まであれだけつんけんしていたフォスター公は、ソファから立ち上がると部屋の隅に控えていた執事に指示を出す。

「今すぐ倉庫にある薬をすべて出せ！　ランディ殿、馬車で来ているのか？　必要であればうちからも荷車を出して運ばせるが」

「えっ、あの、よ、よろしいのですか？」

「ガイゼルが必要としているのだろう！　いいから今すぐに持っていけ、というかまさか陛下ご自身が大病を患っているわけではなかろうな⁉」

「こ、皇帝ご夫妻のご旅行には、王宮の侍医も同行しておりますし、そうした報告はありませんので、その点は問題ないかと……」

「――っ、……ならば、いいが」

　結果フォスター公は、先刻まであれだけ渋っていた解熱剤をいとも簡単に――しかも無償で提供してくれた。行きより遥かに足の鈍った馬車に揺られながら、僕は今日だけで寿命が五年くらい縮まったのではないか、とぐったりする。

（というか、陛下はよくあんなの相手にわたり合っているな……）

　ガタゴトと回る車輪の音を聞きながら――僕はこれから帰って始まるであろう、物資の仕分け作業のことを考えて、現実から目を背けるようにそっと瞼を閉じた。

　かくして驚くべき速度で、すべての救援物資が王宮に揃った。第一便を荷馬車に載せ終えたことを確認し、責任者であるルカに声をかける。

「陛下から『運搬に際してはリーデン商会のマルセルを訪ねるように』とのことです」

「ああ、代表のご子息ですね。承知しました」

そうしてルカが旅立ったのを見送り、僕はほっと息を吐き出した。これでようやく穏やかな日常が戻ってくる——と安堵して踵を返す。

すると目の前に、大量の書類を持った文官たちがずらりと列をなしていた。

「ランディ様、未決の仕事が溜まっております！」

「各領地からの陳情もこんなに」

「早く目を通して、サインをいただきませんと……」

「——っ……！」

陛下がいなければ、若干余裕が出来る——と言っていたのはどこのどいつだったか。いてもいなくても仕事を増やしてくるガイゼル陛下に恨み節を吐きながら、僕は皇帝夫妻がラシーから帰国するまで、粛々と王宮の執務室に籠もるのだった。

そして数日後、僕は久方ぶりに自宅へと帰還した。

玄関先のポストには不在の間の郵便物がみっしりと詰め込まれており、僕はまとめて引き出すと、足早に自室へと向かっていく。

「……疲れた……」

テーブルの上にそれらを乱暴に放り投げ、上着を脱ぐとそのままソファに顔面からダイブする。しばらく死んだように伏していたが、やがてのっそりと上体を起こした。

（とりあえず片付けして、それから――）

緩慢な動作で立ち上がり、テーブルの上に散らばった紙束を適当に仕分けする。ほとんどがゴミ箱へと吸い込まれていく中、僕は一通の封書で手を止めた。

「……ユリア・フレンダル？」

覚えのある差出人名に、無造作に封を開ける。

中の便せんには可愛らしい文字で、先日僕が彼女に買い与えた本の感想がぎっしりと書き込まれていた。拙い箇所も多いが時々はっとするような視点のところもあり、僕はいつの間にか夢中になって読み込んでしまう。

（そういえば……読み終えたら内容を教えろ、と言っていたっけ）

まさか本当に送ってくるなんて、と僕は思わず口元をほころばせた。

とそこでようやく、以前貰った花への返礼をしていなかったことを思い出す。

（ヴァンや陛下じゃあるまいし……大体花なんて、僕のキャラじゃないしな）

仕事で疲れ果てた頭を、ほんの少しだけ再稼働させる。ぼんやりと室内を眺めていた僕は、部屋の隅に置かれていた本棚に目を向けた。

「……」

数日後、フレンダル邸にて。

「ユリア、あなたに荷物が来ていたわ。ランディ・ゲーテ様から」

「ランディ様⁉」

金色の髪を二つ結びにした可愛らしい少女は、母親のその言葉にぴょんと顔を上げた。転びそうな勢いで慌ただしくそれを受け取ると、頬を赤くしながら包みをほどく。

「これは……」

そこに入っていたのは包装もされていない一冊の本だった。ただし以前ユリアが帝都の書店で手に取り、読みかけで戻してしまったものと同じだ。

（もしかして、覚えていてくださったのかしら……）

他にも何か同封されていないかと、ユリアはそわそわと本を持ち上げる。すると手紙ではなく一枚のカードがひらりと目の前に落ちてきた。

そこに書かれていたのは――『次の課題』。

「……っ！」

手紙の返事でも花のお礼でもない、そっけない一言。

だがユリアはたまらなく嬉しくなり——ランディからの贈り物を大切に抱きしめると、幸せそうにはにかんだ。

僕の名前はランディ・ゲーテ。
最近何となく、自宅のポストを覗く回数が増えた気がする。

（了）

寝起きの陛下は甘すぎる3

それはラシーからヴェルシアに戻って来て、数日後のこと。

ガイゼルの部屋で読書していたツィツィーは、ぱたりと本を閉じた。

「今日も遅いと聞いていましたし……そろそろ寝ましょう」

アトラシア港との協定や、新人技師・マルセルによる新造船の準備など、ガイゼルは再び多忙な日々を送っていた。本邸に帰るのが夜中の十二時を跨ぐことも多く、ガイゼルからは「遅くなる場合は俺を待たずに先に寝ろ」と言われている。

（本当は、ガイゼル様が戻られるまで待ちたいのですが……）

だが起きていたら「どうして寝ていない？」とむっとするガイゼルの姿がありありと浮かんできて、ツィツィーは苦笑しながらベッドへと向かった。二人で並んでも十分な広さのそこにそっと横になる。

「……」

しかしいつもよりも余裕があるためか、どうにも位置が落ち着かず――ツィツィーは右に左にと何度か寝返りを打った。そうして懸命に眠りにつこうと努力していたものの、やがてむくりと体を起こす。

（どうしましょう……眠れません）

ガイゼルのしっかりとした腕に包まれるのが当たり前になってしまった結果、あの存在感なくしては安眠出来ないようになってしまったのか。

（昔は、一人で寝るのが当たり前だったのに……）

まるで小さな子どもに戻ってしまったかのようだ、とツィツィーはほんの少し恥じらいを覚えつつ、うーんと考え込む。そこでふと妙案を思いついた。

（そうです！　あの子なら……）

すぐに自室へと戻ったツィツィーは、部屋の隅にある椅子に座わらされていた子熊のぬいぐるみを抱き上げた。ふわふわとした体につぶらな瞳。ラシーに出かける直前、ガイゼルから貰った贈り物の一つだ。

（今晩だけ、一緒にいてくださいね）

ツィツィーは嬉しそうに子熊の額を撫でると、再び寝室へと戻る。

ふかふかとしたそれを強く抱きしめたままゆったりと横になると、やがてくうくうと静かな寝息を立て始めた。

深夜も一時を過ぎた頃、ようやく執務を終えたガイゼルが自室へと戻って来た。部屋の明かりは落ちており、ガイゼルはほっと安堵する。

（良かった……さすがに寝ているか）

いつも健気に帰りを待ってくれるツィツィーの気持ちは嬉しいが、やはりあまり無理はしてほしくない。物音を立てぬよう上着を脱ぎ、寝室へと移動する――が、そこで目にした光景にガイゼルは頭を抱えたくなった。

（可愛っ……！）

美しい銀の髪をベッドに散らし、穏やかな寝息を立てるツィツィー。その腕には、ガイゼルが贈った子熊のぬいぐるみが大切そうに抱きしめられているではないか。

（なんだこれは？　愛らしさの擬人化か？　俺に都合の良い幻覚か!?）

いよいよ仕事のやりすぎか、とガイゼルは眉間を指で摘む。

だがどうやら幻ではないらしく、ガイゼルはツィツィーの頬にかかる髪をそうっと指先でずらした。眠りが深いのか起きることはなかったが、どこかくすぐったそうに口元をほころばせるツィツィーの姿に――ガイゼルは今度こそ両手で頭を抱える。

（キスしたいっ……！　ラシーの時は結局未遂に終わったからな、今度こそ――）

だがここで口づけをして起こしてしまえば、先に寝ておけと言った自分に対する二律背反だ。それどころかキスだけで止まらなくなる恐れも――と考えた辺りで、ガイゼルは強く頭を振る。

（だめだ。冷静になれ――）

はあーと長い息を吐き切り、ガイゼルは渋々ベッドへと腰を下ろす。

だがその際、ツィツィーに抱きしめられている子熊のぬいぐるみと目が合ってしまい――ガイゼルは無言のまま、険しい目つきで睨み続けた。

翌朝。額に触れる硬い感触に、ツィツィーはぼんやりと目を覚ました。

（何でしょう、ぬいぐるみが随分しっかりしたような……）

ぎゅっと力を込めると、何故か向こうからも抱きしめられる。驚いたツィツィーが顔を上げると、そこにはどこか不敵に微笑むガイゼルの顔があった。

「ガ、ガイゼル様!?」

「ようやく目が覚めたか」

ツィツィーは慌てて体を離そうとしたが、ガイゼルの腕ががっしりと背中に回っているため動くことが出来ない。そこでようやく寝る前に抱えていた、熊のぬいぐるみのことを思い出した。

「あ、あの！　昨日ここにあった、熊のぬいぐるみは……」

「そいつならあそこだ」

ちらりと向けられた視線を追いかけると、子熊はベッドから追い落とされ、遠く離れた床にころんと転がっている。抱きしめていた子熊が突如大熊になってしまった衝撃にツィツィーが目を白黒させていると、やがて大熊がふんと口角を上げた。

「あんなものに俺の代わりをさせようとはな」

「そ、そういうつもりでは」

「では今度はお前が子熊になるか？」

「えっ？　きゃあっ!?」

そう言うとガイゼルは先ほどより強く、ぎゅーっとツィツィーを抱きしめる。最初は真っ赤になっていたツィツィーだったが、やがて溢れる笑いを堪えることが出来なくなり

――二人は互いに顔を近づけたまま、くすくすと楽しそうに笑いあうのだった。

（了）

あとがき

またお会い出来て嬉しいです。シロヒと申します。

『陛下、心の声がだだ漏れです！』まさかの三冊目となりました！

これも担当様校正様、素晴らしい挿絵を描いてくださる雲屋先生、コミカライズのみまさか先生、そして何よりも『だだ漏れ』を手に取ってくださった皆様のおかげです。本当にありがとうございます！

今回はなんと全編書き下ろしで、テーマは【初夜】×【ラシーへの新婚旅行】となっております。ラシー編はいつか書きたいと思っていたお話だったので、こうして本という形に出来てとっても嬉しいです。

あとは何と言っても初夜ですね。初夜。正直二巻の時から「次はもう逃げられないぞ」と脳内ガイゼルがお怒りだったので覚悟はしていたのですが……。はたして結果はどうなったのか、是非本文で確かめていただければと思います。余談ですが、ラストどうするのか書き終えるぎりぎりまで決めていませんでした。脳内ガイゼルがまた睨んでいます。

そして今回も書き下ろしを二本収録しております。というか番外編ですね。

一つはおなじみランディ編。陛下不在でのんびり出来ると思ったら、実はこんなに大変なことになっていましたというお話です。もう一つは最後のデザート、寝起き陛下3です。最後まで砂糖の塊を詰め込むことに私は余念がありません。


三巻の制作にあたりまして、今回も担当様校正様には大変お世話になりました。

雲屋先生のイラストも相変わらず最高で、今回は特に表紙の二人がすごく素敵でした。ツィツィーのドレス可愛すぎる。いつも本当にありがとうございます！

また、みまさか先生によるコミカライズもフロースコミックさんで連載中です。二〇二二年二月に二巻が発売されましたので、お手元に迎えていただけると嬉しいです！

さらにありがたいことに『ただ漏れ』のCMとPVがＹｏｕＴｕｂｅで公開中です。ガイゼル役を細谷佳正さん、ツィツィー役を早見沙織さんに演じていただいております。これがもう本当に素晴らしくて……新しい『ただ漏れ』の世界を楽しんでいただけると思いますので、まだの方は是非一度ご視聴いただけたら嬉しいです。


それではまたお会いできますことを心の底から祈りつつ。

お付き合いくださりありがとうございました！

■ご意見、ご感想をお寄せください。
《ファンレターの宛先》
〒102-8177 東京都千代田区富士見 2-13-3
株式会社KADOKAWA ビーズログ文庫編集部
シロヒ 先生・雲屋ゆきお 先生

●お問い合わせ
https://www.kadokawa.co.jp/（「お問い合わせ」へお進みください）
※内容によっては、お答えできない場合があります。
※サポートは日本国内のみとさせていただきます。
※Japanese text only

陛下、心の声がだだ漏れです！ 3

シロヒ

2022年 4 月15日 初版発行
2023年 2 月20日 3 版発行

発行者　山下直久
発行　株式会社 KADOKAWA
〒102-8177 東京都千代田区富士見 2-13-3
（ナビダイヤル）0570-002-301
デザイン　おおの蛍（ムシカゴグラフィクス）
印刷所　株式会社KADOKAWA
製本所　株式会社KADOKAWA

ISBN978-4-04-736991-7 C0193

定価はカバーに表示してあります。
◆◇◇

心を閉ざした皇帝と
心の声が聞こえる皇妃の
超甘々溺愛ラブコメ！

フロースコミックにて
▼絶賛連載中▼

陛下、心の声がだだ漏れです！

DA DA MO RE

漫画 みまさか
原作 シロヒ
キャラクター原案 雲屋ゆきお

※2022年4月時点の情報です。
※2022年4月配信時の情報です。